우리의 시가 무기가 될 수 있을까?

동인시 **8**

우리의 시가 무기가 될 수 있을까? 〈해방글터〉 4집

인쇄 · 2020년 5월 8일 | 발행 · 2020년 5월 15일

지은이 · 김영철 배순덕 전상순 조선남 박상화
　　　　 조성웅 신경현 이규동 차헌호 박영수
펴낸이 · 한봉숙
펴낸곳 · 푸른사상사

주간 · 맹문재 | 편집 · 지순이 | 교정 · 김수란
등록 · 1999년 7월 8일 제2-2876호
주소 · 경기도 파주시 회동길 337-16(서패동 470-6)
대표전화 · 031) 955-9111(2) | 팩시밀리 · 031) 955-9114
이메일 · prun21c@hanmail.net
홈페이지 · http://www.prun21c.com

ⓒ 김영철 배순덕 전상순 조선남 박상화
　 조성웅 신경현 이규동 차헌호 박영수, 2020

ISBN 979-11-308-1668-0　03810

값 10,000원

〈해방글터〉 4집

우리의 시가
무기가 될 수 있을까?

김영철 배순덕 전상순 조선남 박상화
조성웅 신경현 이규동 차헌호 박영수

푸른사상
PRUNSASANG

김이수 시인은 잘 웃고 선해서 별명이 '꺼벙이'였다. 한 시대를 사랑했던 그의 정성스런 마음은 정말 선한 웃음 그 자체였다.

2001년 봄 춘설, 해방글터 첫 번째 정기모임 사진이다. 맨 오른쪽이 김이수 시인이다. 김이수 시인이 조직한 해방글터 동인들은 2000년대 초 중반, 열사 투쟁·비정규직 투쟁의 주체였고 투쟁하면서 시를 쓰는 사람들이었다.

노동자 시 모임 '해방글터'를 만들어

김이수 시인이 참가한 해방글터 첫 정기모임, 합평 사진이다. 해방글터 동인들은 고립된 투쟁 현장을 직접 찾아가 인터뷰하고 자료를 모았다. 함께 토론하고 합평을 통해 창작했다. 해방글터가 창작한 시들은 투쟁 현장에서 직접 낭송했다. 투쟁하는 노동자 곁에서 함께 울고 함께 투쟁함으로써 서로를 격려하는 치유의 문학론이었다.

우리의 시가 무기가 될 수 있을까?

경자년은 전국노동자글쓰기모임, 해방글터가 공식적인 활동을 시작한 지 20년이 되는 해다. 해방글터 20년을 돌아본다는 건 쉽지 않았다. 바닥에서 바닥으로 기면서 외쳤던 목소리들이 들리고 승리보다 패배에 익숙했던 동지들의 표정이 생생하게 기억나 아팠다. 해방글터의 시작은 어쩌면 시대착오였을지도 모른다.

"노동 해방 문학은 끝났다. 운동으로서 노동문학도 끝났다"고 선언되고 깃발도 내려졌다. 사랑을 잃고 혁명의 전망조차 잃고 떠나는 사람들의 뒷모습을 바라보는 것은 아린 것이었다. 이데올로기는 순식간에 낡았으나 삶은 언제나 구체적이었다. 노동자계급은 정규직과 비정규직으로 분단되고 여성과 남성으로 분단되고 이주노동자와 정주노동자로 분단되어 서로 경쟁하고 있었다. 고통스럽게 노동자들이 죽어가고 있었다.

해방글터 동인들은 노점상이었고 일용직 건설노동자였고 대공장 사내 하청 노동자였고 자동차 부품공장 비정규직 노동자들이었다. 해방글터는 이 땅의 '하층민'들로 구성된 바닥이었고 계급투쟁을 조직하는 사람들이었다. 행동하는 몸이 깃발이었던 사람들, 현실과 시와 정치와 시대가 분리되지 않은 한 몸의 사람들이었다. 21세기 초입의 열사 투쟁과 비정규직 투쟁의 주체들이었다.

해방글터 동인들은 생을 걸어 질문해야 했다.
"우리의 시가 무기가 될 수 있을까?"

정답은 없었다. 해방글터 동인들의 시는 때로 투쟁 보고서이기도 했고 정치적 선동문이었으며 너무 힘들어 주저앉고 싶은 한계상황이기도 했고 오직 울음으로 서로를 이해할 수밖에 없었던 서정이기도 했다. 외롭고 고립된 투쟁 현장을 직접 찾아 인터뷰하고 자료를 모으고 합평을 통해 시를 써 낭송했다. 열사투쟁과 비정규직 투쟁은 언제나 절박했고 절박한 만큼 노래는 터져 나왔다. 투쟁과 시가 밀착됐다. 투쟁하는 노동자들에게서 해방글터의 시가 "마치 내 속에 들어온 것 같다"는 평가를 들을 때마다 위로받았다. 현장 노동자들의 투쟁을 기록하고 분노와 절망을 넘어 또다시 투쟁을 조직하는 시, 이것이 해방글터가 생각하는 문학이었다.

소외된 계급투쟁을 기록하고 보고하는 것, 체념과 절망을 단결과 투쟁의 전망으로 번역해내는 일, 투쟁하는 노동자 곁에서 함께 울고 함께 투쟁함으로써 서로를 격려하는 치유의 문학, 해방글터의 시가 무기가 될 수 있는 방법이었다.

그러나 투쟁한 만큼 현실은 변하지 않았다. 단결은 하나의 기득권이 됐다. 민주노총 밖, 한 번도 단결을 경험하지 못한 노동자들은 서로 경쟁하며 빈곤해졌다. 서로 경쟁하면서 아팠고 서로 경쟁하면서 죽어갔다. 해방글터 동인들은 그동안 패배를 견뎌야 했고 상처를 견뎌야 했고 절망을 견뎌야 했다. 가슴속 돌멩이 같은 응어리를 지니고 살았다. 20대, 30대 젊은 노동자들이었던 해방글터 동인들도 이제 지천명에 도착하고 환갑을 넘기도 했다. 빛바래고 낡아가는 것을 견디며 해방글터 동인들이 했던 일은 서로를 기다려주는 것이었다. 먼저 가지도 않았고 따라오라 타박하지도 않았다. 함께 보폭을 맞추는 것이었다. 그렇게 다시 해방글터가 출발했던 변방, 그 바닥을 성찰하는 것이 해방글터를 제안하고 조직했던 김이수 시인의 삶과 문학을 기억하는 것이었다.

김이수 시인의 삶과 문학을 기억한다는 건 해방글터 동인 스스로 투쟁하며 시를 쓰는 삶을 통해 단결은 존엄이라는 것을, 투쟁은 치유라는 것을, 연대는 가장 아름다운 삶의 방식이라는 것을 함께 느끼고 공감하는 것이었다.

뱃속의 아이를 안고 최루탄 터지는 거리에서 짱돌을 날렸던 청춘을 배반하지 않는 것, 혹독한 사춘기를 견뎌내고 이미 청년이 된 아이의 손을 잡아주는 것, 여전히 차별 받고 고통 받는 노동자들의 삶을 폄하하거나 외면하지 않고 아이와 함께 노동자의 자존심을 지켜내기 위한 방법을 토론하는 것이었다. 여성 노동자로 살아가며 이중 삼중의 억압과 빈곤에 시달렸지만 마침내 이름 없이 피어난 들꽃의 강인한 생명력으로 자동차 부품공장 여성 노동자들과 숨 쉬며 살아가는 것이었다.

쫓겨난 공장에서 5년 가까이 투쟁하면서 희망은 단지 선언이 아니라 하루하루 연대와 실천을 통하지 않으면 이루어지지 않는다는 걸 보여주는 것이었다. 코로나 19, 사회적 재난 앞에서도 공포와 혐오를 넘어 배제된 사람들에게 먼저 손을 내밀고 나눔이 곧 존엄이라는 걸, 시라는 것을 다시 배워나가는 것이었다. 땅을 돌보고 가꾸며 미생물의 협력을 배우는 것, 자립의 힘을 키우는 것이었다. 투쟁하는 비정규직 노동자의 눈으로 세상을 바라보고 발언하고 직접 행동하는 단결투쟁이었고 공공부문 비정규직 노동자들의 투쟁에 함께하면서 그들의 목소리를 기록해 보고하는 삶이었다. 학생들의 꿈과 함께 성장하는 교사의 삶이었다.

해방글터 동인들은 서로 다른 조건, 다른 세대이지만 지금까지 그래왔던 것처럼 서로 기다려주면서 보폭을 맞춰나갈 것이다.

해방글터 동인들은 자본주의와 다르게 살기 위해 더 큰 몸살을 앓겠지만 삶에 뭉친 응어리를 풀어내어 더욱 부드러워질 것이다. 적을 닮지 않는 급진적인 삶의 온기를 함께 채워나갈 것이다. 모든 것이 허물어져 내리고 갈 길을 찾지 못하는 삶의 아픈 곳부터 손을 내밀 것이다.

함께 아파하고 함께 울면서 공감을 만들어갈 것이다. 존엄을 지켜낼 것이다. 존엄을 지켜냄으로써 단결을 새롭게 하고 투쟁을 새롭게 하고 연대를 새롭게 하고 민주주의를 새롭게 할 것이다. 이것이 김이수 시인이 해방글터에게 남긴 역할이라고 생각한다.

15년 만에 발간하는 해방글터 동인지가 지금도 거리에서 투쟁하고 있는 이들, 사회로부터 배제된 곳에서 고통스럽게 하루를 견뎌내고 있는 이들에게 닿아 눈물처럼 맑고 투명하고 둥그런 위로와 격려가 된다면 더 바랄 것이 없다.

2020년 봄
해방글터 동인 드림

제1부 우리의 시가 무기가 될 수 있을까

제2부 전노협의 꿈

| 차례 |

제3부 노동자들의 눈빛이 달라질 때 가장 행복하다

제4부 김이수의 시 세계

제1부

우리의 시가 무기가 될 수 있을까

우리의 시가 무기가 될 수 있을까

우리의 시가 무기가 될 수 있을까
잊혀진 시들, 잊혀진 날들

그날을 함께했던 동지들의 다짐
한 맺힌 넋들의 울분은
그것이 전리품인 양 금의생환(錦衣生還)한
소수의 노리개로 바뀌었다.

과연 이것이었던가.
우리가 바라 마지않던 그날의 모습이
눈물을 흘리며 파업 현장을 지키던 우리의 바람
참을 수 없어 터져 나오던 분노의 함성
그 모든 것을 기억의 한쪽에 모셔두어야 하는가?

그러고 싶지 않다
그럴 수 없기 때문에
우리는 뭉툭하게 볼품없지만
우리의 가진 무기를 꺼내 든 것이다
찔러보고, 쑤셔보고

그래도 날이 닳아 저들에게 꽂히지 않는다면
뭐 거꾸로 들고 손잡이로 머리통이라도 날려봐야지
이게 우리의 깡다구 아닌가!

해방역

— 민주철노 공투본과 전국의 철도노동자들에게 바치는 글

우리는 간다.
오늘도 우리는 간다.
부산역 광장으로 서울역 광장으로
철도차량기지 사무실로 힘차게 간다.
한 번도 노동자의 목소리를 들어보지 않은
저 귀먹은 철도청의 지배자들에게 이 함성을 외치러
간다.

너희들
민영화의 미명 아래
마침내 숨소리마저 닮아버린
기관차의 힘찬 심장을 멈추게 하려는구나
먼 길 달려온 자식마냥
때마다 반갑게 흔들어주던
이 깃발 빼앗으려 하는구나
이글대는 뙤약볕 아래서도 선로를 이으며
굵은 땀방울 흘린 철길을 떠나라 하는구나

그럴 수 없다
삼천리 고동치며 이 핏줄 이어온 것이 누구인가
권력의 하수인이 되어 아부와 협잡으로
철도청의 깊은 자리를 차지한 당신들인가

당신들과 한패가 되어 갖은 이권의 떡고물을
챙겨온 어용노조의 간부들인가

그럴 수 없다
보이는가 그대들
100년 철도 역사를 이끌어오며,
이 땅의 역사를 만들어온 노동자들이
저 철길의 침목으로 누워 있음을.
자본과 권력의 두 레일에 깔려 신음하다 죽어간
우리 동지들이, 이 땅 노동자들의 잘리워진 팔과 다리가
검은 피에 물들어 깔려 있음을.
어찌 그냥 물러서란 말인가
어찌 우리마저 너희들의 앞길을 떠받들기 위해
저 자리를 이어가란 말인가
우리는 간다
이 땅에 노동자의 모습으로 처음 태어나
자랑스런 투쟁의 역사를 간직한 민주철노의 역사를 찾
으러 간다.
굴종과 오욕의 어용노조를 깨고
저 힘찬 기관의 맥박처럼 당당히 우리의 자리를 찾으러
간다
영주에서 순천까지, 서울에서 부산까지

보라
방방곡곡 어느 한 곳 끊이지 않은 철길처럼
우리는 하나로 이루어진 노동자, 철도노동자이다

어찌 주저할 것인가
우리가 앞장서야 하는 것을
이 땅의 모든 노동자 함께 태우고 가야 하는
우리는 철도노동자인 것을

어찌 망설일 것인가
우리가 이를 종착역은
노동자들이 주인으로 살아갈 참세상인 것을
그곳에 이르지 않으면 우리가 가야 할 길이 끝나지 않는
것을

오늘도
앞서야 할 투쟁의 선봉에 서기 위해 당당히 나아간다.
민주철노를 쟁취하고
마침내 이르러야 할 노동자의 해방역을 향해
가자! 철도노동자여!

(2000년, 전태일 열사 30주기 기념시집 『너는 나의 나다』)

십이월의 강가에서

십이월엔 강으로 가보아라.
지축이 흔들리는 먼 땅에서 불어오는
바람의 은밀한 곳에 숨어보면
강물이 왜 세상의 좁은 가슴을 타고 흐르는지 알 수 있
으리라.
살 틈으로 푸른 강물을 절인 고기떼들이 살고 있음을 알
수 있기 때문에
하여 그 강기슭을 거닐면 하류에서 포구를 떠나는 새
들이
십이월의 하늘로 비상함을 보리라.
부패되지 않는 하늘의 어디쯤에서 부화되는 건강한 힘
을 보리라.

십이월엔 강으로 가보아라.
물안개처럼 젖어 흐르는 갈꽃에 숨어
십이월의 바람이 우리의 이 푸른 동맥의 피를 타고 불고
있음을 보아라.
우리의 소리는 건강한 힘이 되어 흐르고 있음을.
우리가 머무는 강가에서 십이월의 바람은
버림받은 땅 어느 곳으로 햇살을 받으며
시들지 않는 빛의 소리로 천천히 떨어지고 있다.

우리 사랑이란 이름으로 동지가 되자

왜 우는가 젊은 아내여
새벽녘 창문을 두드리는 소리에
놀라 깨어 일어나 산발한 채 문을 따주더니
지쳐 쓰러진 남자의 두 볼에
왜 굵은 눈물을 떨구는가
울지 마라 젊은 아내여
우리의 감정은 충혈된 눈동자이면 충분할 것을
서슬 퍼런 투쟁의 의지를 무디게 할 이슬을
이 피곤한 신새벽에 왜 머금고 있는가

노동운동 한다는 정신 나간 남자를 만나
무지도 하염없이 울어댔지 너는
2년이 채 안 되는 신혼살이에
다섯 번이나 옮겨 다닌 우리들의 사랑방이 서러워
어디든 정붙이고 살고 싶다며
이삿날 1톤 트럭 바닥에도 채 다 깔리지 않는
박스 더미를 보고 눈물 찍더니
비밀 활동, 조직 활동에 뼈다귀만 앙상히 남은
몸을 쓰다듬으며 서러워 울더니
울다가 그렇게 혼나고도 또 웬 지랄이냐

직장일이 힘들다며 그만두게 해달라고

조르다 지쳐, 나는 언제 드레스 입지? 라고
풀 죽어 물어대던 이 철없는 아내야
해고 이후 반년 반쪽이 되어버린 너의 사랑은
그러고도 얼굴 보기 힘든 너의 분신은
넉넉한 애정으로 나날이 보듬어주는 텔레비전의
멀쑥한 남자가 아니란다.
분노로만 응어리진 너의 가장 곁에 있는 동지란다
너의 감상과 너의 투정을 막무가내로 수용하는
멋들어진 연인이 아니라
따끔한 비판과 충고를 즐겨하는 동지일 뿐이란다
너의 훈련을 통한 단련을 보고 기뻐하는
같은 길을 가는 동지란다
그중에서도
죽어도 변하지 않을 애정을 가진 진짜 동지란다
서로가 서로의 활동에 보탬이 되고
서로가 서로에게 자극과 격려가 되는
가장 가까운 조언자인 진짜 동지란다

순백의 드레스가 우리를 행복하게 함이 아니라
넉넉한 살림이 우리를 편안하게 함이 아닌
미래의 해방을 향한 확신이 우리를 배부르게 하고
우리로 인해 깨어 일어나는 노동자의 툭 불거진

어깨 마디에서, 핏발 선 눈동자에서
터질 듯한 행복을 느끼는
우리는 투사 동지란다
썩어 밀알이 되고 젖어 빗물이 되는
우리는 세상의 소금이란다

울지 마라 아내여
아무리 지쳐 쓰러져도 다시 햇살 아래
벌떡 일어서 나가리라는 것을 너는 알지 않느냐
이 고통이 영원하지 않다는 것을 너는 배워 확신하지 않
느냐
우리는 슬픔이 아니라 분노이어야 함을
뼈저리게 피와 땀으로 알고 있지 않느냐
나의 사랑하는 동지여

바다의 램프
— 일출

태양은 이제 그 모습으로 드러나라
기약 없는 이 땅으로, 나의 방으로
서서히 무너뜨리며 이 자연스러운
분단의 사랑과 풍만한 가슴을 억누르며
아름다운 아픔의 칼 하나 아우의 책 속에
슬쩍 꽂아두고, 하여 그리운 나의 피로
달려가 지난밤 어둠을 어둠인 채로 간직한
자(者)들의 머리채를 휘어잡고 긴장한 사물의
발아래 죽음처럼 굴하게 하리라.
일상 속에 잠들지 못한 꿈들이 귀를 세우며
북극으로 떠도는 기류를 타고
전선 위로 비상한다. 오 드러나라
우리가 이렇게 너를 맞이하기 전
원시의 모습으로 견고한 침묵 혹은
식물의 말로서 맞이하게 하라.
걸인의 등에 더욱 무거운 지게와
보이지 않는 땅 너머로 찬란한 빛을

(1986년 7월)

김 반장

기름밥 15년에 전세방 마련했다는 김 반장의
넋두리를 들으며 우리는 쓴 소주를 마셨다
마흔이 좀 넘어 저렇게 바짝 골아 있을 생각을 하며
모두들 허허 웃기만 했다 한평생 죽어라 일해도
자식 놈 뒤 닦아주기 어려웠다고 김 반장은 월급봉투를
구겨 넣고 그 독한 소주를 자꾸 들이켰다 작은 몸집에
악바리라 소문난 김 반장은 누구보다 열심히 일했다
그 젊음을 다 보낸 작업장에서
프레스 쿵쾅대는 소리가 맥박처럼 들린다는 김 반장은
매일
큰 소리로 야단이다 열심히 일하라고, 작업량을 빼라고,
자기 손가락을 두 개나 잘라 먹은 프레스지만
이제 자식 같다는 기계들을 매일 닦으며
행여 고장 날까 걱정이다
그래 김 과장도 정 계장도 말단 직원도 우리하고 다르다
책보고 연필 만지던 사람들은 기계 고장 나면 생산량 걱
정이지만
안다 김 반장이 매일 기계를 돌보는 이유를
매일 큰 소리로 야단이지만 안다 안경 낀 사무실 녀석
들이
지나갈 때의 차가움이 아닌걸 15년의 그 세월이 까짓
소주 몇 병에 털어질까마는 우리는 그것이 무엇인지 안다

이 땅의 한 노동자가 살아온 그 이야기가 무엇을 뜻하는
지
저마다 잔을 기울이며 우리는 보았다
이 다음 우리가 마흔을 넘었을 때의 모습을
김 반장의 맥박이 점점 크게 들려왔다
쿵 쿵 2백 톤 3백 톤 프레스 소리가 먼 듯이 차츰 커지며
술잔에 흔들리고
그것은 우리의 가슴마다 두근대는 노동자의 맥박이었
다.

(1989년, 『노동해방문학』)

동료에게

하루의 노동을 마칠 때면 생각하네
오늘 우리가 흘린 땀방울은 기름진 땅이 되어
이 사회를 움직여가리라고
노동이 신성한 것은 우리의 팔뚝처럼 거칠게
살아 있는 이 땅의 맥박이기 때문이라 생각하네
프레스 쿵쾅대며 철판을 찍어내고 용접봉에
시뻘건 쇳물이 녹아내리는 힘겨운 작업들이
결코 놀고먹는 자들의 안락을 위함이 아니라 생각하네
동료여
아침마다 피로에 몰려 통근버스를 탈 때면 이 땅에
노동자로 태어난 것이 원망스러웠네 누군가 차 안에
지쳐, 잠든 우리들을 볼 때마다 갇힌 동물마냥 부끄러
웠네
5년 공장 생활에 셋방 하나 제대로 없이 빈털터리
노동자인 우리들의 인내심이 괴로웠네, 작업장의
쇳가루가 녹슨 가슴을 긁어내고 관리자들의 꼴사나운
눈길을 볼 때마다 주먹을 쥐었네 그들은 많이 배운 자들
이라고
아니야 그게 아니야 동료여
기계마다 부속처럼 붙어 선 회색 작업복을 보며 그대를
부르고 싶었네, 이름을 부르면 기름 묻은 얼굴로 웃으며
돌아볼 정겨운

눈길을 부르고 싶었네
사랑하는 동료여 우리의
거친 손마디를 손가락질하는 자도
보란 듯이 자가용 굴리며 다니는 저 배부른 자들도,
자기가 입고 있는 옷이며 구두에 가방에 우리의 피와 땀
이 눈물이 얼마나 뼈저리게 배어 있는 줄도 모르고 세상
걱정 없이 재잘대는 저 애들도,
피로와 쫓기는 생활로 비참해지는 스스로의 부끄러움도
분하네, 분노스럽네, 주먹을 쥘 때마다 부르르
떨려오는 피맺힌 울분이었네, 이게 아니야
이게 아니야
저들이 많이 배운 것도 우리가 못 배운 것도 아니야
저들은 가진 자의 안락함과 적당히 타협하며 노동자의
피땀을 착취하는 방법을 배웠을 뿐이야
지식은 인간의 등급을 매기는 것이 아니야
배우고 싶어 열여섯 여린 손가락이 미싱 바늘에 꽂혀가며
야간학교에 다니는 저 애를 못 배우게 만든 것이 누구
인가,
부모인가, 아니네
이 땅의 노동자와 노동자의 어머니인 민중은 이 나라의
모든 부를 창조한 가장 부지런하고 열심히 일한
사람들이네, 이 땅에서 주인으로 당당하게 인간답게 살

아가야 할 노동자들을
  못 배웠다고 게으르다고
  손가락질하고 멸시 천대한 사람들은 바로
  노동자의 피땀을 착취하고 수탈해 간 자본가이네, 지배
자들이네, 배부른 자들이네
  사랑하는 나의 동료여 이 땅의 주인은 누구인가
  진정 우리는 확인하지 않았던가
  우리가 동지라 부르며 어깨 끼고 확인하던
  가슴속에 생산하던 거대한 힘이 꿈틀대지 않던가
  쇳물이 천천히 굳어가고 건조기는 싸늘히 식은 채
  공장이 조용히 조용히 맥박을 멈추지 않던가 우리의
손엔
  오히려 울분과 살아오는 분노의 함성이 파도치며
  몰려오지 않던가 공단의 거리거리에 손에 손을 잡고
  승리의 깃발이 휩쓸던 그날
  독재자의 모습과 자본가의 탐욕의 손들이 하나 되어
  경찰의 총을 앞세우고 군홧발로 폭력 깡패로
  짓밟아오던 그날, TV, 신문들 분주히 허둥대며
  가진 자들의 걱정된 목소리를 말하지 않던가
  민주화를 요구하던 그들도 우리만큼 배고프지 않고
  힘겨운 노동에 감시에 멸시당하지 않던 자들이네
  사랑하는 나의 동료여

이제는 민주주의도 우리가 이루어야 하네
생산하는 자
노동하는 건강한 일꾼들이 이 땅의 주인이 되는
참 세상을 이루어야 하네 네가 찍어내고
내가 용접해낸 제품을 우리가 사용하고
동료들의 인간다운 삶에 쓰여져야 하네
이 땅을 지배하고 착취하던 자들
그 탐욕과 저주스런 손마디를 잘라내고
어찌할 줄 모르는 저 타협과 기회주의자들을
우리가 만드는 참세상으로 인도해야 하네
동료여 사랑하는 나의 동료여
이제는 동지가 되어야 할 이 땅의 노동자여
일하는 자, 생산하는 자가 주인 되는
모든 이가 건강하게 노동하고 공부하고,
생활을 즐기고 편안한 휴식을 하는 세상
우리의 투쟁으로 기어코
이룰 수 있는 세상, 이루어야만 하는 세상이네
오늘도 출근을 하며 코피를 쏟았네 동료여
열다섯 송면이가 수은 중독으로 죽어가는 세상에
코피쯤 대수인가
우리는 살아남기 위해, 주인으로 살아가기 위해
우리가 물려줄 참세상을 위해 싸워야 하네

평등과 평화와
노동자가 주인 되는 참세상을 향해
투쟁해야 하네

(1989년, 『노동해방문학』)

한반도

열두 살 난 조카 녀석 미술 시간에 그려온
포스터엔 공화국의 역사가 흐르고 있다.
도대체 이 나라는 어떻게 생겼는지 조잡한
크레용으로 벅벅 문지른 삼천리 화려강산은
어디 가고 싱싱한 북한산 뱃노래 문득
끊긴 채 대동강 건너 만주 땅으로 치달리던
천군만마 푸른 소나무들 백두산 천지에 붉고
충혈된 이곳을 애들은 아버지와 그 아버지들이
살던 땅이라고 생각이나 할까 설마 파랑새가
남쪽에서만 아카시아 잎새를 물고 있으리라고 생각할까
그게 남의 땅이라고까지야. 푸르게 푸르게 가득 메운
반도의 남쪽과 동해 바다 붉게 노을 진 그 위에는
서로 다른 종족…… 아니야
슬쩍 나는 도화지를 찢어서 불태운다 이 화려해진
원색의 두 공화국 심장으로 상실된 슬픔의 뿌리로
파랑새와 저 수평선 너머 어둠의 시간까지
푸른 남해로 밀리는 대양의 파도 철썩이며 함께
타오르게. 하나 되게 타오르는 이 땅에는 보아
참 잘했어요라고 허허
이쁜 여선생님의 말씀이 가물가물

노동 해방 선언

그래 가자
어두운 작업장 구석에 잠든 옥아
새벽이 오기 전에 고운 꿈 찾으러 가자
초라한 하루 일당에 잃어버린 환한
아침 햇살 찾으러 가자
창밖으로 눈발 날리던 얼어붙은 철야 작업에
기계가 터지며 예리한 쇳조각이 머리에 박혀
스물다섯의 육신이 개보다 초라하게
죽어간 조형의 부릅뜬 눈물을 담아서
이제 젊었던 꿈도 희망도 낡은 쇳덩이처럼
헛되이 녹슬어 버린 김 조장의 15년
공장 생활에다 엮으며 함께 가자
그 세월들의 설움도 한숨도 모두 모아서
분노의 칼날에 고이 먹이고 가자
거친 노동의 손마디를 싹둑싹둑 잘라 먹고
괴물처럼 쿵쾅대는 저 2백 톤 프레스도 끌고 가자
우리를 부리던 자들의 위대한 집으로
우리를 멸시하고 억압하던 자들의 안락한 보금자리로
가자
그래 많이도 배우고 많이도 똑똑했지
수십억을 사기 치고 탈세하고 투기하는 오 비상한 머리들
권력이 헐벗은 민중을 등쳐먹고 사장이 노동자의 피땀

으로

　정치자금 대주고, 텔레비전, 신문이 장단 맞추는 충실한 부하들이여

　많이 배워서 노조 탄압에 위장 폐업에 가진 게 많아서 외국으로 돈 빼돌리고 배불러서 오리발 내미는 자본가들이여

　뒤질세라 군홧발로 최루탄으로 민중을 까뭉개고 노동자를 죽이는 경찰이여 관리여 배부른 정부여

　한통속이라 굶주린 자의 세상이 배부른 자의 손바닥 뒤에 붙어 있는 줄도 모르고 선진조국과 사회윤리, 안정을 외쳐대는 언론이여 지식인들이여

　그대들 배부르게 앉아서 세상을 이야기하고 있을 때 목숨을 내건 치열한 작업장엔

　우리의 피땀이 흐르고 괴롭고 힘든 노동에 육신이 썩어가는 것을 호사스런 방에서 경제발전이라고 이야기하는구나

　그래 머리 굴리느라 열심이라, 열심이라 해도 우린 온몸으로 알지 온몸으로 가야지

　더 이상 속지 않아 바보가 아닌걸 손바닥 뒤집는 건 우리들 서로 어깨 거는 순간에 이루어지는 걸 알지 그건 혼란도 위기도 아닌걸

　그것은 주인이 주인 된 자리를 찾는 것

　참된 세상을 만드는 것

묵묵히 일해온 그 오랫동안 우리의

팔뚝이 근육이 억세고 불끈불끈 힘이 솟는걸

이미 스스로 진실을 알아버린걸

참으로 이 땅에 건강한 힘, 썩지 않는 노동으로

공장마다 자유롭고 기쁘게 일할 세상으로 가야지

종일토록 고역 같은 작업에 시달리지 않아도 되는 세상

누구도 억압하여 노예로, 기계로 부려먹지 않는 작업장에서 모두 열심히

일하고 배우며 쉴 수 있는 세상으로 인간 위에 군림해 세끼 밥줄 쥐고 흔드는 놈들이 없는 세상

결코 멀지 않아. 우리가 눈뜨고 일어서서 모두 함께 나아가면, 우리가 주인 되는 원래의 자리를 찾아 투쟁하면, 승리하면 찾을 수 있는 세상

그래 우리가 임금을 10% 올리듯, 한 걸음씩 단결해 보너스를 100% 올리듯 투쟁해 힘차게 승리하듯,

그래 낡은 세상 썩은 정치판을 싹 쓸어버리도록 방방곡곡 모두 일어나면,

찾을 수 있는 세상,

그래 어려울수록 힘들 내고 바로 옆에서부터 한 명씩 일깨워 멀고 험한 길일수록

어깨 겯고 가야 하는 길

그때엔 우리를 억압하고 부리던 자들, 거기 아부하고 붙

어먹는 자들,

　민중을 학살한 자들, 민중의 피땀을 짜낸 자들, 모든 우
리의 적들을 심판하고 처벌하고 모든 인간이 자유롭게 일
하고 배우고 즐기며, 평등하게 인간답게 살아갈 수 있도록
썩은 것, 부패한 것, 우리를 속이고 기만과 허위에 찬 것을
단호히 응징해야 하는걸, 그래

　그래 가자 노동자

　노동자 그 이름으로 당당하게 투쟁하고

　승리하여 해방의 세상으로.

(1989년, 『노동해방문학』)

침묵의 바다

늘 당신 곁에
머물고 싶습니다
조금은 여유 있는 걸음을 내딛으며
먼 길 달려온 당신 곁에서
함께 서고 싶습니다.
그 오랜 시간
내가 찾아 헤매던 많은 것들이
지금 당신의 품에서
낮은 포말로 부서지고,
그 끝없음을
난 그저
조용히 바라보다가
모래톱으로 스미는
기억의 틈에
함께 남겨지길 바라겠습니다
그 모래 틈에 누워
조심스레
이 땅으로 내딛는 당신의
숨소리에 귀 기울이다
그것이 수없이 많은 아우성이듯
거대한 함성이듯
귓전을 먹먹하게 만들고

가슴을 두근거리게 할 때쯤
이 땅에 살아온 백성의 노래를
함께 부르겠습니다
어둠 속에서 커다란 빛이 잉태되듯이
침묵이 때로 함성보다 더 큰 공명을 가져오듯이
당신의 침묵 속에서 함께 자라온
새로운 생명을 경건함으로 맞이하겠습니다.
그땐
밤새 어지러이 지나온 내 발자국도
구토로 얼룩진 취기 어린 눈물도
당신의 품에 다 거두어
진리의 순결함으로 남겨지겠지요
역사란 이름의 당신의 위대함으로
함께 남겨지겠지요
그리하여
우리 생의 아픈 기억들도
위안받을 작은 꿈을 가지겠지요

사북에서

우리가 살아 있는 그날까지 이 땅은 꼭
아름다울 수 있으리라 믿습니다
많은 산과 산들을 침묵으로 지난 뒤 이곳에 내리면
어깨에 분분히 쌓이는 눈발
힐끗 돌아보면 그것은 역 뒤로 웅크린
검은 탄가루였습니다. 모두들 깃털을 털고
일어서서 이 땅의 깊은 노동의 탯줄을 끌고 오는
사내들의 숨결이었습니다. 하여,
사북의 억센 눈빛은 모두 닮아 있고
아 어머니 체온 같던 그 깊이의 무게
침엽수림의 잔가지마다 하얗게 꽃은 피어도
가늠할 수 없는 힘이 – 깨어보면
얼어터진 손금의 가장자리로 차츰 지워지고 있었습니다.
아름다운 사북에는 세상 가득한 눈만큼이나
우리의 주름진 눈가에, 가슴의 조그만 응어리마다
사원주택의 슬레이트 담 곁으로 사랑이, 눈물이 얼룩져
까맣게 눌어붙고
사람 사는 것이 다 그래요 라며
투박한 찻잔을 가져다 주던 동향의 아가씨
어둠이 오기 전에 서둘러 떠나고, 떠나는 모습을
창을 여미고 바라보았습니다. 저마다 안색을
감추고 언제까지나

(1986년, 그 겨울 사북에서)

연가

야근을 하던 여공은 가끔 까닭 없이 웃곤 했다
나는 손을 멈추고 거울을 쳐다본다
누군가의 흉터가 묻어났다
살이 닳도록 당당해질 수 없는 손마디로
자정을 넘기는 우리의 꿈
꽃은 꽃으로 보이고 어둠은 그렇게 항상
창밖에 두근거리고 있을 거라고 믿는다
어디선가 물소리 멀고 가깝게
이 땅에서 그녀의 가슴으로
흐를 수밖에 없던 형의 눈물
형은 책장을 넘기면 항상 비어 있지 않으려던
죽은 아버지의 손이 두렵다 한다
지금쯤 그녀의 가슴도 그처럼 풍만할까
살아 있는 모든 것들이 잠들어 이제
창밖으로 오리온 성좌 젖은 눈썹이 붉다
안식의 저녁을 기도하리라
아침이 오면 꼬마는 길 건너로 빵을 던지며
학교로 가고 공장을 나서면 부신 햇살을
십자가가 비집고 있다
바삐 사라지는 여공도 주임도
흐물흐물 햇살 속에 녹아드는 아침녘
이 땅도 저물기 위해 자꾸만 흘러가는가

(1985년, 어느 봄날에)

산하

초라하지 않기 위해 술을 마신다
공사장 입구의 선술집. 취하면
가질 것 없는 잔마다 가득
채울수록 황량해지는 나날들
무엇으로 보답하리 연장은 닳고
벗들은 하나둘 떠나 낯설게 남은
인생의 뼈대 증축 못 할 나의 방
틈틈이 박힌 푸른 이끼에
머리를 처박고 잠든다 밤새 아낌없는
아내의 사랑 목마른 기억이 묻어난다
우리가 살아 있음은 무엇일까
가진 것 모두 남겨두고서도 내 부끄러운
반도의 땅
깊은 곳마다 아픈 몸살로 뒤척임을
가문 어둠의 뿌리가 드러날 때쯤에야
하얗게 신경이 저려오고 하여
생장점을 잃은 목재처럼
도열하는 긴 세월의 숨결이여
새벽별은 가시처럼 돋아나 있고
길을 가다 보면
길 아닌 것들이 일어나 손짓하는,
목쉰 바람 한 줄기 불어주는

공사장 입구의 선술집
늘상 취하는 자들은 엎드려
조그만 노래를 부르리라
기다림의 가난한 가슴 비워주는
이 땅의 목메인 사랑을

(1986년 정월에 쓰다)

자유로운 방
— 음모의 장

누구든지 나의 방으로 오라
그러면 그곳에서 얼마나 많은 반란의 음모가
계획되고 있는지 그대들은 무심결에 강물처럼 흘러
손닿지 않는 방의 구석구석에 도사리는 나의 붉은 피를
보게 되리라. 하여 방을 떠난 그대들은 버스나 다방, 거
리에서
그대와 함께 부풀어가는 살기로움의 나의 방을 생각하
며
창밖에 홀로 선 쓸쓸한 주의(主義)의 뒷모습을 만나리라
만나 두려운 그대들은 술잔 속에서 미친 척하며 한 번쯤
건방진 노래를 부르고 조심하는 핏줄을 단단히 붙잡고
분노하는 의지의 자유로운 나의 방을 그리게 되리라.

보라 이 땅엔 어찌 민족 없이 주의만 홀로 꽃피우려 하
는가
반란이 시작되는 나의 원죄는 자유. 말은 기만되고
보라 어둠 속에 기억처럼 무리진, 달아나고 싶은
우리는 침착하게 눈을 익히며 주시한다. 갇힌 불의
속성처럼 뜨겁게 팽창하는 나의 방이 거부당하는
반국가적 정열로 다시 분노하는 음모의 방에서
이제는 깨어버리고 싶은 문이여, 문밖의 그 바깥에는
항상 새로운 하늘과 땅처럼 신선한 것이 없거늘

우리는 무엇을 맞이하기에 이렇게 분주한가.
얌전한 책으로 서재를 정리하고, TV를 켜고 맞이하는
이 시대의 만찬. 차라리 부서질 일이다.
초대받지 않고도 당당히 겁 없는 이 반란의
적들의 음모를 부둥켜안고 미친 바람이 되어
쓰러질 일이다. 아.

바람이다. 이곳에서 지평을 넘어 방의 저쪽까지
나를 몰아 다니는 것은 떠다니면서
나의 방에는 맑은 물이 출렁이고 물풀들이 자란다는 사실을
차츰 깨닫는다. 어쩌면
나의 방은 바다일까, 숲일까, 밀리는 바람소리를 들으며
방에 누워 담배를 피운다. 연기처럼 시리게 푸른빛을 띠는
천장 속에 떠다니는 나의 자유, 꿈꾸는 반란의 잠, 새벽의
힘처럼 뿌듯한 나의 방에서, 사랑하리라 이곳에서
배신되지 않는 사랑의 힘 그 자유로움까지

자유로운 방

방은 자유다
나의 방은 헤아릴 수 없이 많은 각이 져
어느 면에서든지 스스럼없는 시간의 주검들이
액자처럼 간직된 채, 나는 때때로 취해서
천장이 자꾸만 둥글어지는 모습을 보며 담배를
피운다. 다각형의 방은 담배연기처럼 펴오르는
나의 상념들을 몰아 고립시킨다. 허나 나의 방은
자유롭다. 그대의 침실 몸 깊은 것을 습관처럼,
하여 쓸쓸한 이 자유로운 상념, 때로 구속하고
싶은 나의 방은 조금의 흔들림이 없이
그대의 타인들을 배척해낸다. 수시로 둥글어지는

천장, 나의 방은 나와 더불어 왜 자꾸
둥글어지려고 하는 것인가.

버스에서도 나는 나의 방에서처럼.
도로와 건물 모든 살아 있는 것들이
둥글어지는 모습을 상상해본다. 잠은 방에서
자유롭다. 변태적 성교 그대 몸을 생각한다.
아 그러나 이 모든 것은 자유롭다. 나의 방에서 너무
자유롭다. 하여 아침 출근에서 나의 방 그 자유로
구속된다. 나의 일자리에서 사람들도 내 다각의
방에서처럼 둥글어지고 싶다.

가을이 오기 전에

가을이 오기 전에 내 서툰 사랑법을 챙기리라
아직도 남쪽 창에 걸려 있는 장마전선 한 귀퉁이에
오랜 기억의 상처를 벗어놓고
가을이 이어진 숲으로 길을 재촉하리라
남겨질 것 하나 없이 목마름에 헤매던 날들 모두
이 빗속에 적시며 이제 떠나리라
후두둑, 후두둑
가을 숲에서 떨어지는 알밤처럼, 여린 내 사랑의
가슴을 꼭 꼭 채우며 북방의 산을 찾으리라 거기
눈 쌓인 침엽수림의 등걸에 하얗게 기대 올 그대 손을
잡고
언제까지나 변하지 않을 그대 깊은 곳으로
내 안식의 뿌리를 내리리라

아낌없이 주는 나무 3*

겨울에 깨어나는 산(山)아이를 본 일이 있어
겨울이면 어디론가 떠나는 가슴 가득
눈발 날리고 아무런 흔적 없이 쌓여가는 눈물
누군가 버려두는 뒷모습으로 눈사람이 되는 아이
들판에 엎드려 귀 기울이다 밤이 오면 동사(凍死)한
저녁의 새들 곁으로 눈발 한 줌씩 뿌려주는
산아이, 가끔 바람은 은밀하게 벌어지는
어른스런 이야기를 전해주며 서둘러 떠나고
산아이 홀로 어둠이 되는 기쁨, 한 잔 술로
강이 되고 강은 바다가 되는 기쁨.
어두운 해변에서 부르는 소리. 둘러보면
파도만 아픈 몸살로 쓰러지고 문득문득
손짓하는 수평선 너머로 별똥이 잠드는 소리
산이 몸부림치는 소리
산아이 떠나는 길의 무성한 눈발.
산아이가 있는 산은.

* 쉘 실버스타인의 우화

제2부

전노협의 꿈

김영철

저 하분에 꽃이 내 손지들이다

행정이

봄, 누더기 옷 한 벌 깁습니다

내가 참말로 바부 천치다

저 하분에 꼿이 내 손지들이다*

우리집 하분에
꼿이 하도 이뻐
우리 미현이와 똑갓다
꼿을 보니
나 자식 생각 절로 난다
저 꼿이 내 손지이고나 하고
다라보고
냄새도 맛타 본다

저 하분에 꼿이 내 손지들이다

* 어머니 편지글, 1988

행정이

행정이 별명은 ET였다
태어날 때부터 뇌성마비였고
옆 사람들은 눈 딱 감고 엎어버리라 했지만
반짝이는 눈빛은 버릴 수 없었단다

농아인 행정이 친구들은
동네 아가들이다
눈빛으로 듣고 말하며
우유도 먹이고 기저귀도 갈아주며
내 친구들이었는데
그 아이들이 유아원 갈 적쯤이면
말도 못 하는 바보라고
그렇게, 그렇게들 버림만 받았다

언니 시집 갈 적에는
예식장도 가질 못하고
까치발로 언닐 축복했다
S대학을 졸업한 남동생에게도
난 네 누나가 아니라고
행여 동생 여자 친구들이 찾아오면
골방에서 나오지도 않았다

오늘 어버이날이라고
언니 동생을 기다려도 오지는 않고
페트 맥주 한 병
구운 오징어 한 마리 사 들고 와
아버지 어머니
술 한 잔 드세요
으으~ 음
술 한 잔 따른다

봄, 누더기 옷 한 벌 깁습니다

길가에서
엄동에 얼어붙은
낡은 옷 한 벌 깁습니다
오렌지색 천막
하얀 백열등 아래
불법 노점상들이라고
갈가리 찢어버리려는
봄 단속에 맞서
굽어진 허리를 펴고
바늘귀 어둔 눈들이
봄을 꿰매고 있습니다

도시 구석 자리에서 농사짓는
거리 장사꾼들에게
봄은 너덜한 누더기로 옵니다
투쟁이다
결사 항전이다
생존권 쟁취다
하면서도 돌아서 보면
걸친 것은 낡은 노점상
옷 한 벌뿐인 사람들

봄비가 내립니다
컵라면에 시린 속 달래며
서로 의지하며 손 맞잡고
새봄, 다 낡아빠진 세상
요리조리 꿰매면서
새봄에 또 싸워야 하는
누더기 옷 한 벌
한 땀 한 땀 깁고 있는 봄날입니다

내가 참말로 바부 천치다*

내가 가문 니 아부지 으찌께 볼 거냐
니 아부지가 살짜기 손 잡고
나랑 살어 고상만 했다고 했는디
죽을랑께 뻘소릴 다 흔다고
방문 박차고 나와불고
객지살이 자석들
한 번만 보고 잡다 해도
뿌리쳐불고
내가 왜 그래쓸까
내가 왜 그래능가 몰러
손이나 한번 잡아줄 것인디
내가 참말로 바부 천치다
내가 참말로 징한 사람이다

* 어머니 편지글, 1987

배
순
덕

휴식시간

짧은 점심시간
2백 도 기계 열 앞에서
수분 다 날아가 말라버린 목구멍으로
국에 밥 말아 한 술 뜨고
고무 숙성 때문에 설치된 15년 된 에어컨
매캐한 고무 냄새 풍기는 주입제실에
돗자리 펴고 앉은 아지매들

오늘은 성순이가 한턱내는
맥심 커피 한 잔씩 들고
슬슬 이야기 보따리를 풀어본다
뜨거운 커피가 들어가니
모기 물린 허벅지며 등짝이 가려워
물파스 꺼내 허연 속살 드러내고 발라대니
아지매들 왜 물렸는지 놀래 묻는다

딸만 일곱 있는 집안이라 해마다 여름이면
조상님 산소에 술 한 잔씩 올리러 가는데
산모기 습격을 받아 이 모양 됐다고
손톱 크기만 한 붉은 반점 긁어대며 말하자

누워 있던 순선이가 눈을 반짝거리며 벌떡 일어나

"순덕이 다리 보니 생각나는 게 있다"고 한다
뭔데 싶어 지방방송 끄고 중앙방송으로 집중하니

한동네에 사귀던 오빠가
갑자기 헤어지자고 해서
마을 언덕에 앉아 밤새 울고
다음 날 다리가 너무 가려워 보니
모기 떼 물려 다리가 벌겋게 부어올랐다고
아련한 추억을 끄집어낸다
순간 각자의 첫사랑에 잠시 머물러본다

노동자로 엄마로 아내로 며느리로
허둥거리며 살아가는 아지매들
오랫동안 묻혀두었던 젊은 날
그리움을 살며시 꺼내본다

"야! 7분이다."
작업 시작을 알리는 정희 목소리에 놀라
일어서는 아지매들 뒤
돗자리를 접는다

전노협의 꿈

온전하지 못했던 지난 삶을
흔들리며 아파했던 아들은
그렇게도 싫다던 기름쟁이가 되었다

앳되었던 얼굴엔
기름 범벅으로 붉은 반점이 돋았고
고왔던 손에는 기름때가 문신처럼 박혀 있었다

대물려지는 노비 세상
아들은 애비 어미를 따라 하청 노동자가 되었고
같은 일을 하면서도
원청 노동자의 절반도 안 되는 월급에
화들짝 놀라는 아들은
전노협의 꿈이고 희망이었다

노동자가 주인 되는 세상
짓밟힌 희망을 지키고 싶어
아들을 배 속에 품고
최루탄 가스에 화염병 사이로 짱돌 깨 나르던 나는
배 속 아이 생명보다
찢겨 쓰러진 깃발에 절망했었다

아들이 아플 때마다,
아들이 방황할 때마다,
어미는 죄인이 되었고
가슴을 쓸어내려야 했다

눈물짓던 숱한 세월

어느새 훌쩍 자란 아들은
차별 없는 세상
노동자가 주인 되는 세상
전노협의 꿈을 안고
애비 어미가 못다 이룬 세상에
애비 어미의 희망을 품었다

어머니

엄혹했던 군사정권 시절
고집 센 딸이 새벽이면 슬그머니 일어나
가슴속에 포스터를 품고
골목골목 붙이고 오는 날이면
포스터가 뜯겨질까 봐
육십 넘은 엄마는 동네 어른들과
골목길에 자리 깔고 십 원짜리 화투패를 돌렸다

한 번도 자신의 속내를 보이지 않았던
딸내미가 데모꾼이 되어
노동조합 만들다 구속되어 감옥 가자
엄마는 딸을 대신해 투쟁 현장을 지켰다

이른 아침 동네 돌며 조합원 가족들 챙겨
공장 문지기 하는 전경들과
한판 붙어 아작 내고
장작 피워 뜨끈한 국수, 라면 끓여
조합원들 한 그릇씩 먹이며
끝까지 투쟁 현장을 지키던 엄마는
어느새 구십 세월을 보내고 있다

일주일에 세 번은 투석을 해야 살 수 있고

거동이 불편한 엄마는
종일 병원 침대에 누워
희미해지는 기억의 끄트머리를 부여잡는다
딸 일곱 낳아 마음고생 심했던 엄마는
병원 이 사람 저 사람 잡고
야가 데모만 하다가 시집가서
아들만 둘 낳았다고 자랑한다

엄마는 가장 행복했던
기억을 더듬으면서
생의 마지막 길을 가고 있다
곡기 끊고 미음으로
겨우 목숨을 이어가고 있는
엄마의 죽음 꽃 핀 얼굴을 보면서
그 옛날 여장부였던
어머니 어머니가 그립다

언니

퇴근길에 걸려온 전화
한동네 살고 있는 언니
가는 길에 들러
밑반찬 챙겨 가라고 한다

가난에 뒹굴던 8남매
돌림병에 다른 집구석 자식 놈들은
잘도 죽어 나가는데
이것들은 무슨 천수를 타고나서
생고생 시킨다고

세상살이 버거워 욕지거리 퍼붓는
엄마를 대신해
세상 타협할 줄 몰랐던 꼬장꼬장한
아버지의 무능력함을 대신해
허기진 배고픔에 눈물 흘리는
동생이 가여워
언니는 남의 집 식모살이 갔다

평생 남의 집 식모살이로
동생 키우고
그 손으로 시장통 한쪽 모퉁이에서

가난에 밴 사람들
밥 지으며 살아가는 언니는

중년이 넘은 동생이
걱정스러워 멀리 떠나지 못한 채
밑반찬에
양념까지 챙겨 나눠준다

행여 동생이 마음고생할까 싶어
제부 마음까지 맞춰 살아가는
언니는 엄마 품이었다
나는 오십의 나이를 넘기고
언니는 여전히 가난에 뒹굴던 어릴 적
엄마 품을 기억나게 한다

조
선
남

꽃들아, 꽃들아

그녀를 보고 있으면 봄이라 느낀다

봄의 기억

봄을 기다리는 마음으로

꽃들아, 꽃들아

햇살이 참 따뜻하다
바람이 불어도
바람이 불어 꽃잎이 흩어져도
봄이 지나가거나,
다시 겨울이 오지 않았으니
햇살이 참 따뜻하다.

그날 이후이었다
피는 꽃잎보다
지는 꽃잎에 더 마음이 갔던 것이

그날 이후이었다
겨울이 가고 봄이 오는 설렘도
봄이 가고 여름이 오는 아쉬움도
세월이 멈춘 것처럼 멈춰버린 것이
2014년 4월 그날 이후
멈춰버린 것 같다.

불러도, 대답이 없어서
더는 그 이름을 부르지 않는다
꼬꾸라져 창자가 비틀릴 때까지 불렀으나
대답이 없었던 아이들의 이름표 앞에

눈물이 말랐다.

햇살이 참 따뜻하다
물결이 잔잔하다
잔잔하게 와서 예쁘게 웃어주려마
대답이 없어도 너희들이 온 것이거니
너희들이 찾아주었거니
고요한 슬픔으로 맞이한다.

5년이 흘렀으나
앞으로 50년의 세월이 가도 잊혀지지 않을
꽃들아.
꽃들아.

그녀를 보고 있으면 봄이라 느낀다

아픔을 감추기 위해
그 속내를 숨기기 위해 웃는다.
그 웃음을 보고 있으면
그녀가 얼마나 아팠는지 상처의 깊이가 보인다.
지나온 과거를 이야기하지 않는
꼭 다문 그의 입술이
눈물 없이 실룩일 때
무언가 말을 하고 싶어서가 아니라
그녀가 울고 있다는 것을 안다.

그녀에게서는 풀냄새가 난다
봄날에 먼저 돋아난 쑥이며 냉이처럼
봄볕을 기다려 푸르게 피었으나
봄바람은 겨울바람보다 더 매서워
서러워하는 그녀에게서 풀냄새가 난다.

풀빛으로도 얼마든지 봄이 왔음을
말하고 싶었는데 정작 그녀는 춥다
자신은 추워하면서도 봄을 알리고 싶었던 게다

따사로운 봄볕은 누구에게나
골고루 비춰주고

언 가슴부터 녹이기에
쑥이며, 냉이처럼 작은 키 작은 몸짓으로
살아 있음을 말하고 싶은 게다.

그녀를 보고 있으면 사람 사는 냄새가 난다.
가진 것은 없어도 먼저 챙겨주는
작은 배려가 봄날의 햇볕처럼
따뜻하다.

봄의 기억

봄의 기억은
바위를 움켜쥔
뿌리에 있다

한사코 움켜쥐고
매달린 벼랑의 끝에서도
바위를 뚫고
뿌리를 내린 나무

눈의 무게를 견디지 못해
가지의 일부가
찢겨질 때도
거머쥔 바위 벼랑 끝에서
생애 마지막 순간처럼
그것이 운명이라 했을 때도
놓을 수 없었던
봄의 기억

바위를 뚫고
뿌리를 내려
기어이 푸른 잎

새순을 불러오는 생명

봄의 기억은
바위를 움켜쥔
뿌리에 있다

봄을 기다리는 마음으로

마음 한 켠 내어주어 참 따뜻했습니다.
당신도 힘들었을 텐데
번잡한 마음과 혼자서도 감당하기 힘들었을
세월의 풍파도 그렇지만
마음 한 켠 내어준다는 것이
그렇게 쉬운 일만 아니겠지요

옹기종기 가난한 마음들이 모여
고만고만 사는 이야기를 나누다 보면
울컥 눈시울이 붉어지기도 하고
안타깝고 서러운 마음들이 앞서기도 하는데
그런저런 이야기를 다 듣고 있는 것이
어디 쉬운 일인가요

보일러가 고장 난 냉골의 쪽방에서
긴 겨울밤을 보내면서도
한뎃잠 자는 사람 먼저 생각하고
측은지심으로 걱정하며
마음 한 켠을 내주는 것이 어디 쉬운 일인가요

마음의 한 결을 내어준다는 것은
얼어터지는 겨울 한파에도

서로 부둥켜안고 봄을 기다리는 마음이겠지요.

기어이 오고야 말
봄을 기다리는 마음은
가난한 마음들이 모여 서로 부둥켜안고
체온을 나누는 일이겠지요
마음 한 켠을 내어주어 참 따뜻했습니다.

박
상
화

고구마

흙을 뒤집어 쓰고
아버지 누워 계시다.
컴컴한 땅속을 뒤척이느라
아버지의 등은 부었다.
그 등을 파먹으면서
맨날 고구마냐고
그러면 동치미 같은 어머니의
거친 손이
작은 머리통을 쓸어주곤 하셨다.
갑갑하고 더러운 땅속에서
희고 단 것만 모아
어린 우리를 먹인 아버지.
오늘 본 어떤 고구마의
부은 등이 굽었다.

완벽한 의지

눈송이 받아 모아 매화는 꽃을 피우고
소금을 품으며 강은 바다가 됩니다.

누구나 흔들리면서 중심을 잡고,
이 별에서 저 별로 가는 동안은
아득하고 깜깜할 수밖에 없습니다.

거센 바람에 주눅 들고 외로웠으므로
위태로운 고공에선 꽃이 피고
찬 바닥에 엎드린 물은 해일로 일어섭니다.

짜디짠 시간의 첩첩
상처 품어 안고 여기까지 왔으니
의지가 아니었으면 울지 않았을 그대여,
벗들이 등을 한 번만 쓸어줘도
툭 터져버릴 눈물의 그대여,

흔들려도 괜찮습니다.
주눅 들어도 됩니다.

가장 완벽한 의지는
티 없이 단단한 벽옥이 아니라

흔들리고 주눅 들어 울면서도
제 길을 버리지 못하는 눈물에 들어 있습니다.

꽃

— 아사히 비정규직 투쟁 4주년에 부쳐

꼿꼿이 서 있어 꽃이다.
바람 불면 중심을 잃지 않으려 흔들리면서
열매가 맺힐 때까지
앉지도 눕지도 않으니 꽃이다.

저 기다림이 꽃이다
바람 불면 하루에도 수수백번 흔들리면서
목이 쉬도록 외치니
속으로 우는 저 환한 웃음이 꽃이다

7년 동안 월급 한 푼 안 올라도 참고 견딘,
라면에 단무지 쪼가리 같은 가뭄에도 희망을 잃지 않은,
하청에 비정규에 불법으로 오염된 세상을 버티는,
단단한 저 허리는
누구도 꺾을 수 없다.

폐허에도 꽃은 피어오르고
눈보라의 벌판에도 꽃은 핀다.
존엄의 가는 줄기 곧추세우고
살아 있음의 장엄을 붉은 글씨로 써서 들고 섰다.
잿바람 같은 사람들 불어가는 거리에서
환하게 울며

시간을 밀고 가는 꽃의 피케팅.

희망이란 시간의 거짓말,
흔들리는 그 순간이 최선의 전망이니
열매가 차고 나면 알 뿐, 스스로 지는 꽃은 없다.

기도문

— 삼성 해고노동자 김용희 고공농성에 부쳐

주여, 여기
세상의 끝에 선 사람이 있습니다.
고난과 시련과 조롱에 멱살을 잡히다가
마침내 뼈만 남아 고개 들 힘도 없이
당신 앞에 매달린 사람이 있습니다.
주여, 여기
당신이 허락한 땅도 아니고
당신이 계신 하늘도 아닌 곳,
허공에 매달려
자신의 죄를 묻는 사람이 있습니다.
곡기도 물도 끊고
목숨도 끊어 내어줄 수 있지만
복종은 줄 수 없다고
노동으로 먹고살라 하셨지
굴종으로 먹고살라 하지 않으셨으므로
주의 종이지 자본의 종이 아니어서
자본에게 무릎 꿇을 수가 없는
지으신 그대로 순결한, 당신의 목숨이, 주여,
허공에 두 발을 드리우고
더 갈 곳 없는 세상의 끝, 당신 앞에
주여, 당신 앞에.

조
성
웅

대설

지금 여성에 대한 태도를 바꾸지 않으면 미래는 없다

백만 촛불 마이너

젖은 몸

대설

봉기는
떼 지어 일어서는 것만이 아니다
내리기도 하는 것이다
쳐서 거꾸러뜨리는 것만이 아니다
더 낮은 곳으로
내려
상처를 덮어주기도 하는 것이다
언 땅
떨고 있는 뿌리들
괜찮냐고
온기를 전하기도 하는 것이다

한 덩어리의 체온이 되는 것이다

지금 여성에 대한 태도를 바꾸지 않으면 미래는 없다

1.

눈썰미도 손재주도 없는 내게 돌아오는 것은 항상 짜증과 욕설이었다
늦은 나이, 각오는 했지만 서러운 건 서러운 거였다

마음 둘 곳 몰라 정처 없을 때 손잡아 끌어준 이
내게 담배 한 대 건네며 어깨를 토닥여준 사람이 있었다

관절염이 그의 무릎을 파고들고
숙취에 절어 비틀비틀 출근해도
그는 용접면만 쓰면 불량 하나 없이 물량을 쳐나가는
용접의 달인이었다

짜증과 욕설이 난무하는 현장에서 친절함을 만났다
오늘 하루를 살아보고 싶은 이유였다

경쟁이 아니라 나를 존중해주는 그의 태도는
노동자 민주주의에 가 닿아 있다고 생각했지만
뜻밖에도 그는 여성에 대한 존중을 배우지 못했다

나에 대한 그의 친절함과 그에 대한 나의 고마움 사이엔

아주 특별한 이견이 존재했다

　2.

　그의 노동조합 조끼엔 단결투쟁이라는 단어가 선명하게
찍혀 있었다
　노동조합 지침에 성실했으며 공권력 앞에서도 주눅 들
지 않았다
　진보정당 당원이기도 한 그가
　거칠고 힘든 노가다를 견딜 수 있는 낙(樂)은
　단결도, 투쟁도 아니었다
　그의 유일한 낙은
　노래방에 가서 돈을 주고 도우미를 사는 것이며 현장 관
리자처럼 그녀를 함부로 부리는 것이며 그녀를 통제함으
로써 만족을 구하는 것이었다

　통제가 없는 동무들과의 술자리를 좋아했지만
　그의 즐거움은 권력의 또 다른 이름이었다

　함부로 그녀의 가슴을 만지고 함부로 그녀의 엉덩이를
만지고 함부로 그녀 팬티 속으로 손을 넣고 함부로 그녀의
치마를 걷어 올리고 강제로 그녀의 입술에 하는 키스는 그

녀의 의사에 반하는 성폭력이었다

　돈을 주고 여성을 살 때 민주는 명령이 되었다
　여성을 함부로 대할 때 노조는 권력이 되었다
　고급 룸살롱과 노래방과 러브모텔이 계급투쟁을 대체했
던 시간이 있었다

　　3.

　퇴근길
　버스 차창으로 보이는 세계는
　거대한 성폭력 체제다
　여성을 수탈해 세워진 반혁명이다
　좌우 정치노선의 차이가 없어지는 통일전선이다

　여성은 맛도 아니고 먹을 수 있는 것도 아니며
　돈을 주고 사고 파는 상품도 아니다
　존엄이다
　폐기되거나 침묵을 강요당할 수 없는
　존엄이다

"꼴리냐, 하고 싶으면 덮치지 말고 유혹하라"*

사랑을 잃고 꼴리는 생좆만 전시되어 있는 나날
그가 경쟁을 중지시킴으로써 단결에 도달한 것처럼
그는 폭력을 중지시킴으로써 존엄을 이룰 수 있다
그는 교환을 중지시킴으로써 생의 두근두근거림,
평등에 가 닿을 수 있다
이 한걸음이 결정적이다
이 한걸음에 계급의 운명이 걸려 있다

지금 여성에 대한 태도를 바꾸지 않으면 미래는 없다

* 잡년 행진 슬로건.

백만 촛불 마이너
— 2017년 광화문 고공식발단식 농성을 지지하며

사람만이 결정적인 봄이다, 라고 안간힘으로 외쳐보지만, 사람 추린다는 소리에 휴무도 없이 출근한 공장 담벼락 안엔 어떤 꽃소식도 없었다. 툭하면 '영구퇴출' 입에 달고 사는 하청업체 안전팀장 새끼 아가리를 박살내지도 못했다.

하청업체 안전팀장 새끼도 촛불을 들었고, 박근혜 탄핵을 고대했지만 그는 여전히 내게 명령을 하고 나를 사람 취급하지 않았다. 어떤 것도 결정할 수 없는 하청의 재하청인 내게 촛불은 봉기로 다가오지 않았다. 어떤 것도 계획할 수 없는 하청의 재하청인 내게 촛불은 혁명으로 다가오지 않았다. 하청의 재하청인 내 삶은 하루하루가 폭력적이었다. 자본주의가 요약되어 있었다.
   ; 나는 외친다.
   차별은 폭력이다
   위계는 폭력이다
   억압은 폭력이다
   명령은 폭력이다
   조합주의는 폭력이다
   가부장제는 폭력이다
   민족주의는 폭력이다
   개량주의는 폭력이다

관료주의는 폭력이다
군대는 폭력이다
의회제는 폭력이다

촛불은 흐르고 흘러서 흐름 자체가 되는 것, 머물러 무대만을 바라보지 않는 것이다.

난 촛불의 흐름이 느려지는 것이 위험해 보였다. 촛불이 멈춘 곳, 화려한 조명의 대형 스크린과 크레인으로 들어올린 대형 스피커로 꾸며진 무대가 내 눈엔 마치 명박산성 같았다. 무대 앞에서 내 관심사였던 그대 표정을 결정적으로 잃어버렸고, 유독 주목하고 싶었던 그대 목소리도 들리지 않았다. 난 목소리를 잃고 그대를 데울 국도 밥도 나오지 않는 무대를 오래도록 바라봐야 했다. 고착당했다.

물론 촛불은 하나의 구호가 아니고 여럿의 삶이었다. 노빠도, 문빠도, 어용도, 노사협조주의자도, 조합주의자도, 민족주의자도, 김일성주의자도, 가부장주의자도, 개량주의자도, 관료주의자도, 중도주의자도, 여성주의자도, 생태주의자도, 자율주의자도, 코뮤니스트도 함께 참여하고 함께 행진했다. 촛불은 서로 다른 이해관계, 계급투쟁의 소용돌이였다. 이질적이고 심지어 적대적인 정치적 경향이 함께 지배질서를 잠시 정지시키는 압도적인 다수의 힘을 이뤄냈지만 국가 앞에서 갑자기 온순해졌다. 국가에 대한 분노가 이토록 순종적일 수도 있다니, 내겐 참 기형적으로 보였다.

촛불의 흐름이 무대 앞에서 멈춰 섰을 때 나는 어떤 계획도, 어떤 결정도 할 수 없는 하청의 재하청인 사내로 죽도록 일만 하다 죽어갈 것이다. 촛불의 흐름이 무대 앞에서 멈춰 섰을 때 노사협조주의자는 죽어라고 자본가 계급에게 협력만을 할 것이고 조합주의자는 지 밥그릇을 챙기기 위해 계급을 배반할 것이다. 촛불의 흐름이 무대 앞에서 멈춰 섰을 때 성폭력 가해자들은 국가의 보호 속에서 조금도 반성하지 않을 것이고, 개량주의자들은 오늘도 투쟁 현장에 나타나서 선거가 다가오니 투쟁을 접자고 압력을 넣고, 민주노총 깰 거냐고 협박하면서 계급 화해의 정책을 생산해낼 것이다. 촛불의 흐름이 무대 앞에서 멈춰 섰을 때 민족주의자들은 계급투쟁을 파괴하며 이주노동자들에 대한 사냥을 멈추지 않을 것이고, 관료주의자들은 모든 비판을 진압하며 자신의 명령을 완성할 것이다. 또한 촛불의 흐름이 무대 앞에서 멈춰 섰을 때 나와 그대는 표정을 잃고 목소리도 잃게 될 것이며, 나를 대신해 운명을 결정하는 자들의 목소리만 스포트라이트를 받게 될 것이다.

거리로 내쫓긴 투쟁하는 비정규직 노동자들이 가장 먼저 촛불이 됐고, 가장 먼저 박근혜 퇴진 투쟁을 외쳤지만 백만 촛불 내내 발언권조차 얻지 못했다. 촛불 그 한 뼘의 빛조차 서러웠지만 죽는 것 말고 할 수 있는 모든 투쟁을 조직했던 투명한 맨몸들은 자립적이었다. 촛불은 민주주의를 위해 한사코 계급투쟁을 배제하려 했지만, 자립적인 몸짓들은 "선거를 넘어 계급투쟁으로" 나아갔다 투명한 맨몸의 사람들은 스포트라이트가 비추는 무대를 우선적으로 폐지했다. 밀착되어 서로를 느끼고 그 몸의 언어를 경청하기 시작했다. 자신의 몸을 비우면서 그곳에 배제하지 않는 힘, 평평하고 너른 마당을 키워내기 시작했다. 스스로 결정하고 직접행동으로 비상했다. 의회 없이도 운영되는 노동자 민주주의였다. 부재함으로 증명되는 삶은 끝났다. 나와 그대의 이야기로 가득 채워지는, 인간에 대한 예의를 갖추는 방법이 내가 생각하는 정치였다. 모든 폭력에 맞선 가장 뛰어난 무장이었다.

젖은 몸

퇴근 무렵
말조차 꺼내기 힘든 저 지친 몸은
해가 지고 달이 뜨는 경계를 걸어
집으로 돌아가고 있습니다
한 번도 존중받지 못했습니다
한 번도 인정받지 못했습니다
싼 값에 쓰다 버리는
하루 종일 모욕당한 몸입니다
이 세상에 없는 몸입니다
허청허청 위태위태해 보이지만
체념으로 딱딱해지지 않았습니다
쉴내 나는 언어가 일기장처럼 배어 있습니다
쓰러지지 않겠다고 다짐했던 새벽별이 수놓아져 있고
쓰러지지 않았다고 위로받는 보름달이 뜨고 있습니다
함께 이겨내자고
토닥토닥
뭇별처럼 모진 마음의 무늬도 새겼습니다
애썼어
이 한마디에도 반응하는
이 한마디도 놓치지 않고
들을 수 있는 뛰어난 청각을 지녔습니다
공감의 소리가 노을처럼 번져 붉게 물들고 있습니다
스스로를 치유하고 있는 전혀 다른 세계 같습니다

신
경
현

정경애

불편한 말

집

나무

정경애

오다가다 만나도 누군지 모를 사람이
돼지 저금통을 들고
삼복더위를 헥헥거리며 버틴
경산환경지회 투쟁 천막농성장으로 들어왔네
밝게 웃으며
경산장애인자립생활 센터 회원으로
경산시청 앞에서 1인 시위를 하던 사람
: 혹시 아무도 모르게 죽을 경우
: 장례비라도 있어야 할 것 같아
한 푼 두 푼 수년을 모은 돈
172만 3천 원
투쟁 기금으로 써달라고 들고 왔네
못 받겠다고
어찌 그 돈을 받겠냐 해도
―장애인이라 불쌍해서 그러냐
목 놓아 외쳐도 돌아오는 시선이 춥기만 한 우리는 동지
다
끝내 할 말 없게 만든
172만 3천 원
염치 불고하고 받았네, 꼭 승리하겠노라 다짐과 함께
너무 고마워 사진 한 장 찍자니
부끄럽다고 전동 휠체어 타고 쌩하고 가버렸네

불편한 말
— 4 · 20 장애인차별철폐투쟁 대구시청 앞 농성을 생각하며

목구멍을 타고 올라온
메마른 혓바닥을 걸어온
어렵게 입술을 넘어온
세상 밖으로 삐져나온
무릎이 꺾이고 손목이 꺾인
입이 돌아가고 손가락이 휘어진
그 모든 말

평생을 갇혀 지냈던 말
어떻게 계절이 돌아오는지
설명할 수 있는 방법을 몰랐던
말

한 마디 하는 데
한 생을 걸어야 할 만큼
절실했던
불쌍해지고 싶지 않았으나
불쌍해지도록 강요받았던
말
불편함이 묻어나던
불편함이 죄가 되고 차별이 되고 배제가 돼버린

말

내 귓속으로 올라오지 못하고
검고 울퉁불퉁한 길 위에
그대로 부서지고 흩어지고 마는
말

집

지상의
집
바람이 불고
난데없이 비가 들이쳐도
끄떡없던
집
대추나무가 있었던가
묻지 않아도
눈을 감고 찾아갈 수 있던
집

부서진 세간살이와 뜯겨진 담벼락
울고 있는 목소리들은
이제
꼿꼿이 설 수 없는 것들이다
어차피 가난이야 어쩔 수 없는 거라고
녹슨 숟가락 젓가락이 발길에 차이며
말한다

슬픔은
파도 파도 바닥을 드러내지 않는 법
운동화 한 켤레 땅속에 묻혀 말한다

맵고 매운 세상을
등에 짊어지고 떠나간 사람들
남은 사람들도 세상이 맵긴 마찬가지

썩썩 비벼 함께 먹던 골목길의 밥이 있던
끄덕 끄덕
잘 가라 내일 보자 헤어지던
언덕배기 끝에 이별도
자연스레 자리 잡고 앉아 있던
집

나무
— 마을 목수

나무
도드라진 상처를 몸에 새긴 나무
검고 메마른 나무
쌓인 눈의 무게를 이기지 못하고
뚝뚝 부러지던 가지의 나무
지친 철새들이 날개를 접고
잠시 쉬었다 가던 나무
떠돌다 돌아온 고향 마을,
제일 먼저 맞아주던 허리 굽은 나무
꽃 피고 꽃 지는 시절
누구 하나 관심 가져주지 않던 나무
잘려나간 밑동의 나무,
아무렇지 않게 버려져 겨울을 나고
푸른 시절, 무성히 그늘을 만들기도 했던
그늘 아래 사람들 모여 들기도 했던
나무
큰 물 지나간 자리에 뿌리를 드러내고
쓰러져 있던 강의 나무
몸을 태워 밥을 짓고 언 겨울을 녹이던
아궁이 속 뜨겁던 나무
붉은 녹물 배어나는
못이 박힌, 공사장의 나무

지켜야 할 것들과 건너야 할 시간을
비와 바람과 먼지를 덮어쓴 채
말없이 견뎌온
나무

이
규
동

상추잠

곁

손

교과서 볶음

상추잠

밤새
쪼그려 앉은 시간이
차곡차곡 쌓여
해를 중천에 밀어 올렸다

끊어질 것 같았던
무릎과
허리와
손가락
불 꺼진 상추 하우스를 베고 누워
한 박스 삼만 원만 가면 좋겠다
수다 떨며
스르르 잠드는
긴 여름
짧은 한낮

곁

6인실 병실
남편은 누웠고 아내는 앉았다
멀고도 먼 저승 문턱에서 내뱉는 말은
연신 씨발,
아직은 이승 이쪽에서 무릎 잡고 대답하는 목소리는
왜 지랄이여.

밥을 먹어야 살지
밥도 안 먹고 약도 안 먹고
잠도 못 자게 왜 이리 사람을 괴롭히는겨
......

등 좀 두들겨봐
－두들긴다
옆으로 눕혀봐
－옆으로 눕힌다
캬아알
－휴지를 뽑는다
이거 좀 세워봐
－침대를 세운다
똥 쌌어
－기저귀를 간다

똥 쌌어
—기저귀를 간다
똥 쌌어……

먹은 것도 없는데 똥은 어디서 나오는 거여

병상과 간병의자 사이로
삼도천 물줄기가 흘러들고
입은 옷 참 가벼워 보이는 두 늙은이는
연신 똥을 닦아내면서도
한 숟가락 더 먹으라며 성을 냈다.

손

새벽부터 쪼그려 앉아 상추를 딴
만호 형은
엄지와 검지 끝마디가 새까맣고

목에 수건 두르고 허리 숙여 논을 맨
대중이 형은
갈라진 손끝마다 흙심줄이 박혔고

하루 종일 마늘밭에 붙어 있던
재운이 형은
장도리를 닮은 손가락 끝이 황톳빛이다

만호 형 손이 닿은 잔에서는
상추 냄새가
대중이 형 손이 닿은 잔에서는
논흙 냄새가
재운이 형 손이 닿은 잔에서는
마늘 냄새가 나는 저녁

교과서 볶음

딴생각만 잔뜩 담긴 교과서는
푹 삶아 볕에 널고
아이들은,
논두렁에서 포르륵 포르륵
날아다녔다

바짝 마른 교과서는
후라이팬 위에서
달달 볶아지고

깔깔거리는 웃음과 비명이
탈출한 메뚜기를 따라
복도를
책상 위를
뛰어다녔다

박영수

하늘로 오르는 모순

섯알오름에서 밀감을 먹으며

하늘로 오르는 모순

하늘 다 가린 현대백화점 뒷길
이상화 고택 낮은 담길을 걸으며
고공에 오른 노동자의 소식을 접했다

땅을 딛고 산다는 것,
뿌리 깊이 내린 나무가 그렇듯
흔들리지 않는 안정감.
뿌리박고 사는 모든 것들은
그렇게 제각각
제자리에
서야 한다.

강남역 사거리
삶의 뿌리가 송두리째 뽑힌
사람이 있다.

인간이기 위해 스스로
뿌리를 들어내야만 했던
고공에 오른 노동자

그것은 하늘로 향한 길이 아닌
뿌리를 더욱 단단하게 내리는
길이어야 한다.

섯알오름에서 밀감을 먹으며

제주에선 뭐라도 내어주는 마음이 가득하다
여행을 다니며 지나쳤다면 모를 일
이웃 밀감 농사짓는 삼촌
이사 온 첫날 나눠준 밀감 한 바구니
마지막 여남은 밀감을 섯알오름에 올라 까먹다

제주에서 가장 넓은 대정 들판
바람을 이겨내고 일궈낸 넉넉함이
지나는 길손에게 실한 무 다섯 개를 쥐여주었다
한 철 귀하게 키운 무밭 걸어가며
부쳐 먹을 땅 없는 이 굶지 말라고
넉넉히 남겨준 마음을
섯알오름 한 켠에서 얻어가다

이웃 어멍도 한 사오십 년 전 처녀 적
돈 벌러 육지로 물질을 나갔었다고
제주에선 돈 될 것이 없어
전기도 안 들어오던 시절
똑딱선 타고 감포 앞바다 물질을 몇 달 했다는데
나정, 양포, 감포 기억나는 지명과
좋은 주인 만나서 몇 달 돈 벌어 왔다는

이야기를 들려주시는데

섯알오름에서 밀감을 까먹으며
하나를 열로 나눠 먹고
나눈 마음이 다시 하나 됨을 생각하다

조상은 백이지만 자손은 하나라는 섯알오름의 애쓰린
역사가
혀 끝에서 아리다

제3부

노동자들의 눈빛이 달라질 때
가장 행복하다

전
상
순

거두는 계절

작신작신

각다귀 새끼들

거두는 계절

이즈음 촌구석은 무얼 거둬들이느라 해가 짧다. 볕을 따라 이리저리 콩멍석을 옮기다 보면 하루해가 서산을 꼴딱~ 넘어간다. 여름 볕과 가을볕은 길이가 달라. 도시 살면 그런 것 그런 거 잘 모르지롱. 촌에 살면 뼘가웃씩 짧아지는 하루해의 길이를 느낄 수 있어. 어제 저녁 숟갈 들 때의 어둠과 오늘 저녁 숟가락 들 때의 어둠이 다르다는 걸. 이렇게 구라를 치면 어떤 사람은 정말로 그런가 싶어 고개를 끄덕이겠지.

콩 한 됫박 먹으려면 먼지는 두 됫박 마셔야 하네.

콩이 크면 낫으로 쳐서 베면 되는데 아버님이 붙잡고 털 자루가 없다며 뿌리째 뽑아라 하시네. 그렇게 뿌리째 뽑으니 여태 땅속에 뿌리박고 있던 놈들이 그저 올라오간? 탯줄 같은 흙을 한 보따리 끌어안고 올라오잖아. 낫 대가리로 뿌리를 툭툭 쳐서 흙을 털어내지만 그게 다 털리는감?

볕 좋은 곳에 멍석을 깔아놓고 콩 단을 세워놓으면 콩꼬

투리가 S자로 돌아가며 저절로 터져. 햇볕이 슬쩍 건드리기만 하면 봉숭아 씨 자루처럼 터져서 콩알이 톡톡 튀어. 꼬투리가 말라 콩이 튀기 시작하면 팝콘 냄비 소릴 내. 타닥, 타닥 똑또구르르르. 서리태 콩도 털어보니 제법 많아서 보자기 깔아서 널어놓고, 흰콩도 그렇게 널어놓고, 붉은 팥도 그렇게 널어놓지.

곡식들을 그렇게 마당에 널어놓으면 사람도 고양이도 가만히 들앉아 있질 못해. 괜히 소매를 걷어붙이고는 마당을 빙빙 돌면서 콩멍석을 튀어 나온 콩을 줍고, 타작하면서 구석구석에 튀어 들어간 콩들을 한 옴큼씩 주워서 멍석에 휙 던져 수를 더하지.

달리 부자가 아니고, 그걸로 두부 해먹고, 메주도 쑤고, 청국장 띄워 먹을 생각 하면 마음이 뿌듯하지.

또 멍석 가장자리에 살그머니 앉아 검은콩 속에 섞인 흰콩을 골라내고, 흰콩 멍석에 올라앉은 검은콩을 골라내. 그렇게 앉아 있다 보면 왼쪽 어깨에 있던 볕은 슬그머니 오른쪽 어깨 위로 옮겨 앉지. 하루 종일 들며날며 담벼락 모퉁이에 앉아서는 표고버섯을 손질해서 채반에 넣고, 콩을 저어주고, 팥을 저어주며 해바라기 하다 보면 날이 저물어.

해는 저서 어두운데 찾아오는 길손 없고…… 하며 노래를 부를라치면 "여기가 마산리 이장님 댁 맞아요?" 하고 들어오는 발길이 있어. 요새 우리 동네 뒷뜸 골짜기 공사장에서 토지 보상을 하나 봐. 그거 인우보증 확인받으려고 딴 동네 사람들이 더러 와여.

"예, 맞심더. 도장 찍으러 오셨세요?" 하고 나는 엄청 반갑게 맞이하지.

예쁜 필체를 까짓것 꺼내서 전상순, 황간면 마산리 387번지라고 쓰고는, 내가 초등학교 6학년 때 육촌 오빠가 연필 깎는 칼로 새겨준 나무 도장을 꾸욱 찍어준다네.

"아이고, 바쁘신데 이렇게 해주셔서 고마워요." 하며 인사를 하면

"아닙니더. 괜않심더." 하고 나는 또 대꾸를 하며.

이렇게 가을이 여물고 있다네.

작신작신

　설거지거리도 처 덮어놓고 가을밭으로 간다.

　볕이 채 들지 않는 시간이다. 누루죽죽 사위어가는 것들은 모두 이슬을 덮어 썼다. 밤새도록 착실히 하늘에서 내려오는 만나를 받는 양, 두 손 공손히 벌려 온몸으로 받은 모양이다.

　들깨 쩌놓은 것도 꼴이 별다르지 않다. 이슬을 함빡 받아서 차갑게 눅어 있다. 날 선 낫을 조자룡 헌 칼 휘두르듯 놀려 들깻단을 포장 위로 두 줄 횡대로 늘어놓는다. 목장갑 낀 손에 침을 한 번 퉤, 뱉어내고는 도리깨 자루를 야물게 잡는다. 입모양은 저도 모르게 옹실, 모양이다

　눅은 들깻단이지만 나란히 눕혀놓으면 그제야 잠이 깬 듯 부스스 단들이 일어난다. 도리깨로 살살 간질이듯 털어준다. 눅은 몸들은 투둑투둑 들깨알들을 내어준다.

　아, 요것들 봐라 이렇게밖에 안 내준단 말이지.

　한걸음 물러서 도리깨를 어깨에 비스듬히 걸쳐놓고선 목장갑 모가지를 바짝 끌어 올리고 다시 추진 침을 슬쩍 뱉어서 곧 있을 모진 고문을 표정으로 예감케 한다. 다시금 어금

니는 옹실 모드.

도리깨 날이 푸른 하늘 위로 빙그르르 돌아 지상으로 사정
없이 내려온다. 슬쩍 위쪽에 도리깨 잡은 손모가지에 찰나
의 힘이 집중된다.

작·신·작·신! 두드려 팬다.

도리깨 날이 모질게 들깨 알을 각출하기 시작했다.

신들린 듯 도리깨가 공중과 바닥을 오가며 춤추기를 열댓
번. 타작마당은 떨어진 깨꼬타리와 마른 잎사귀, 그리고 들
깨 단에 깃들여 살던 작은 벌레까지 차출되었다.

영문도 모르는 채 가을빛을 실은 벌레의 날개들이 밤하늘
반딧불처럼 빛을 내며 떨어진 목숨 위로 기어다닌다.

판을 열댓 번도 더 갈아가며 들깨 타작이 끝나고, 강림한
신이 떠난 듯 도리깨는 바닥에 털썩 주저앉았다.

해 질 녘,
골짝 밭 감 잎사구들이
지나가는 바람에게
종일 지켜본 참사를
조용히 고자질하고 있다.

각다귀 새끼들

이틀 연이어 명래 형님 집 포도밭에 포도 봉지를 싸러 갔다 왔습니다. 일 끝나자 이틀치 품삯을 이름 적은 봉투에 각각 넣어 "수고하셨습니다."라는 말을 곁들여 우리 손에 얹어 주십니다. 하루 품삯이 칠만 원입니다. 오전 일곱 시부터 오후 여섯 시까지.

일을 시키는 사람은 놉을 얻어놓고선 새참 두 번, 점심, 그리고 얼음물, 음료수, 수박, 박카스 등을 준비합니다. 그걸 먹고 마시면서 오후의 햇살과 싸웁니다.

앞치마에 넣은 포도 봉지 남은 것을 주인에게 반납하고 앞치마 주머니를 뒤집어 털면 고무 밴드와 포도 알이 우수룩 떨어집니다. 알뜰한 형님은 그 고무 밴드를 모아 일 년 동안 집에서 쓰기도 합니다.

집에 와선 씻지도 않고 널브러져 있다가 다음 주에 장마가 온다니 감자를 캐러 갑니다. 수미네 형님과 봄에 수미 씨감자를 반 박스씩 나눠서 심었는데, 소똥 거름 제법 낮게 준 형님네 감자는 맷방석만 한 감자가 몇 콘티나 쏟아졌는데, 포대 거름 대충 뿌려 심은 우리 집은 젠장 알감자 풍년입니다.

당진 사는 친구는 처음 감자를 심어 알감자 한 바가지도 감동의 도가니던데 나는 어째 시큰둥합니다.

근데 저녁이 되니 각다귀 새끼들이 모기랑 떼로 덤빕니다. 모기는 각다귀 새끼들에 비하면 영국 신사입니다. 각다귀 새끼들은 양아치 새끼같이 성가시고 또 이 썩을 놈의 버러지는 사람 귀와 눈을 물어뜯으려고 아조 발악을 합니다. 손으로 후쳐도 손을 비웃으며 집요하게 눈을 파먹으러 달려듭니다.

감자 네 골 캐는데 각다귀한테 다섯 방 물어뜯겼습니다. 어찌나 승질이 나던지 호미자루로 아주 박살을 내주고 싶더라구요. 근데 이시키들은 호미대가리도 겁내지 않아요. 붕붕 휘두르는 뽕방망이인 걸 눈치챈 것이지요. 이를 악물고 감자 캐서 차에 싣고는 백기 들어 밭머리 꽂아놓고 집으로 내달아왔습니다.

생긴 건 쌩파리좆만 하게 생겼지만 만만하게 보다간 낼 아침에 여기저기 뚱뚱 부어 보톡스 처방은 저리 가라입니다. 씻고 부어오르는 눈가에 물파스 발랐더니 아이고 지랄도! 눈물이 질질.

*#^~#%-.-;;;;

이래저래 고달픈 유월 스무 사흗날이 지나갑니다.

힘들어서 어디다 이 고달픈 사연을 욕 좀 섞어서 하소연할까 했는데, 마침 욕받이로 각다귀 새끼들이 등장해서 이 새끼 저 새끼 마한 노무 소새끼…… 욕을 실컷 해봅니다.^^

차
헌
호

노동조합, 내 삶의 전부

가족에게 상처뿐인 노동조합

노동자들의 눈빛이 달라질 때 가장 행복하다

노동조합, 내 삶의 전부

비정규직 노동조합을 만들고 싶었다. 비정규직 노동자들과 함께 싸우고 싶었다. 비정규직 노동자들의 투쟁이 세상을 바꿀 수 있는 투쟁이라고 생각했다. 이력서를 넣었다. 일본기업 아사히글라스 하청업체에 입사원서를 넣었다. 천 명이 넘는 노동자들이 일하는 공장이었다. 경비실에서 간단히 면접을 봤다. 출근하라는 연락을 받았다.

6년을 일했다. 첫 월급으로 140만 원을 받았다. 상여금을 포함한 돈이 140만 원이었다. 하청업체는 급여에 상여금을 매달 쪼개서 지급했다. 출퇴근 기름 값에 용돈을 빼면 집에 갖다 줄 돈은 겨우 100만 원이었다. 대리운전을 시작했다. 낮에는 아사히글라스에서 비정규직으로, 밤에는 대리운전 기사로 하루 12시간 이상을 일했다. 비정규직 노조를 만들겠다는 신념 하나로 그렇게 6년을 버텼다.

2015년, 노조를 결성했다. 아사히글라스는 가차 없이 하청업체와 바로 계약 해지했다. 하청업체는 폐업했다. 꿈에 그리던 노조를 만들자마자 모두 해고됐다. 178명이 공장에서 쫓겨났다. 어떤 이들은 "네가 노조를 만들어 해고됐다"며 전화해서 욕을 해댔다. 노조를 만들기 위해 보낸 시간이 순식간에 먼지가 되었다.

가족에게 상처뿐인 노동조합

2015년 와이프에게 노조를 만든다고 얘기했다. 지회장을 맡아야 할 것 같다고 했다. 와이프는 화를 냈다. "언제까지 그렇게 하고 싶은 것만 할 건데?"라고 했다. 와이프는 가족을 생각하라며 하소연했다. 할 말이 없었다. 와이프는 쉽게 끝나지 않을 싸움이 시작된다는 것을 직감했다. 노동조합을 시작하면 집안일은 뒷전이 되는 것도, 생계가 어려워지는 것도 와이프는 잘 알고 있었다. 그날부터 와이프는 입을 닫았다.

큰딸은 다니던 대학을 그만뒀다. 취업을 했다. 노조를 만들 때 초등학생이었던 둘째 딸은 고등학생이 됐다. 둘째 딸은 가족 여행이 소원이다. 와이프가 입을 닫은 후 5년간 가족여행을 한 번도 가보질 못했다. 온 가족이 함께 외식도 한 번 못 했다. 가장 민감한 시기에 딸들은 상처를 입었다. 내가 간절히 희망했던 노동조합은 가족에게 상처였다.

노동자들의 눈빛이 달라질 때
가장 행복하다

아사히글라스에서 일할 때는 숨이 막혔다. 조금만 잘못해도 붉은 조끼를 입혔다. 손가락으로 사람을 오라 가라 지시하던 원청 관리자들. 최저임금에 점심시간 20분. 작업복은 땀 흡수가 전혀 안 되는 나일론 작업복. 해도 해도 너무한 공장이었다. 연매출 1조를 벌어들이는 기업이 노동자를 쓰다 버리는 부품처럼 취급했다.

노조를 만들고 조합원들은 눈빛이 달라졌다. 공부를 못해서 비정규직이 된 줄 알았던 동지는 비정규직이 된 이유가 자신의 문제가 아님을 깨달았다. 조합원들은 집단적으로 관리자에게 항의했다. 누구도 비정규직이라는 이유로 무시당할 이유가 없는 것을 알았다. 비정규직도 존엄성을 가진 인간이라는 것을 알게 됐다.

2020년, 새해가 밝았다. 많은 일들이 있었다. 우리는 5년간 쉬지 않고 싸웠다. 178명이 해고됐으나 22명 남았다. 쫓겨나고 아사히글라스 공장 안으로 밀고 들어갔다. 용역 경비들과 몸싸움을 했다. 갈비뼈가 부러지는 일이 벌어지며 조합원들은 벌금형을 받았고, 난 집행유예를 받았다. 불법을 눈감아주는 검찰을 상대로 싸웠다. 검찰청 앞에 천막을 쳤다. 검찰청 로비를 점거했다. 정부기관은 우리 편이 아니란 것을 알았다. 우리는 노동부, 시청, 검찰을 상대로 쉬지 않고 싸웠다. 벌금형을 수없이 받았다. 수시로 재판정에 불려갔다. 우리는 싸우며 스스로 달라졌다. 세상을 바꾸지는 못했지만 우리 자신은 바뀌었다. 시키면 시키는 대로 살아가는 노동자가 아닌 당당한 노동자로 변했다.

아사히 비정규직 노동자들은 투쟁하는 노동자들의 아픔을 잘 안다. 다른 노동자들의 아픔에 깊이 공감한다. 힘든 투쟁이 있으면 바로 달려간다. 노동자는 힘을 모아야 한다는 것을 스스로 체득했다. 싸워야 할 때 싸울 줄 알고, 연대해야 할 때 연대할 줄 아는 노동자가 됐다. 조합원들의 눈빛이 달라진 것을 볼 때 가장 행복하다. 내 삶의 전부인 노동조합, 그래서 희망이다.

제4부

김이수의 시 세계

그해 딸아이의 생일엔 눈이 많이 내렸습니다

2020년 봄, 아내 이금지

그해 딸아이의 생일엔 눈이 많이 내렸습니다. 학원에서 돌아오는 늦은 밤, 마중 나온 아빠의 손을 잡고 눈 쌓인 길을 함께 걸어 들어온 딸은 그날을 오래도록 그리워한 듯합니다.

케이크에 촛불을 켜고 노래를 부르고 박수를 치는 동안 그대는 한 번도 나와 눈을 마주치지 않았고 다음 날, 홀연히 긴 여행을 떠나 자신의 별로 돌아가버렸습니다.

'돌아가는 길'이라고 했습니다. 까까머리 소년 시절부터 써오던 '어린 왕자'라는 닉네임을 '돌아가는 길'이라 바꿨더라고 했습니다. 그게 다였지요. 글 쓰는 걸 좋아하던 사람이니 어딘가에 메시지가 남겨져 있을 거라고. 사용하던 컴퓨터와 노트북, 핸드폰, 책상 주변과 차 안을 뒤졌지만 어디에도, 짧은 인사 한 줄 없었습니다.

이해할 수도 받아들일 수도 없어서 그냥 처음부터 없었던 것처럼 살았습니다. 그러다 보니 떠나던 때의 그대보다 열 살이나 더 많아져버린 나는 아직도, '김이수'라는 사람을 소환해내는 것이 무척 힘이 듭니다.

　처음엔 모든 것이 보안이었고 그것이 몸에 배어 평범한 삶을 살아보고자 했던 때조차 어떤 일에도 설명이나 약속이 없었습니다. 서운함과 원망은 켜켜이 쌓여 벗겨낼 수 없을 만치 두터운 벽이 되었습니다. 그래서, 그래서 많이 외로웠나요. 밖에선 늘 선하고 배려심 가득한, 운동 좋아하고 산도 좋아하고, 술도 사람도 좋아하는 밝은 사람이어서 나만 느끼는 외로움인 줄 알았습니다.

　어떤 사람이었나요, 그대는.
　나의 무심한 남편, 내 아이의 다정한 아빠, 어머님의 철없는 막내아들.
　그리고.

　그대는 깊고 고요한 푸른 숲이었습니다. 비바람을 견디는 커다란 나무들이 울창하고 새벽이면 축축한 풀밭에 키 작은 토끼풀이 하얀 꽃을 피우는. 그대는 크고 강하면서 작고 여린 사람이었습니다.

　한 편의 글을 써내기 위해 그만큼의 자신을 도려내야 했던, 멋있지만 가여웠던 사람. 바보같이 선한 웃음을 내어놓고 나면 그만큼 충전의 시간이 필요했던, 계산 없이 착하고 모자랐던 사람.

　혼자 먼 길을 떠나면서 그대는 나에게 어떤 인사를 하고 싶었습니까. 꼭 한번 물어보고 싶습니다. 언제일지 모르겠지만 딸의 결혼식에 그대의 자리는 비워두겠습니다.

형님은 당신이 그 자리에 앉겠다 하셨지만. 우리 세 식구, 그날은 서로에게 하고 싶은 말들이 있을 테니까요. 그때쯤 엔 내가 그대를 온전히 이해할 수 있었으면 좋겠습니다.

그리고.

기억하는 모든 이에게 '김이수'는 아름다운 청년이길. 살 아서 받지 못했던 이해와 위로, 존경과 인정을 받는 행복한 청년이길 바래봅니다.

그는 그랬다
— 이수를 생각하며

권형우

그는 그랬다
나의 웃음보다 동지들의 웃음을
더 보고 싶어 했다

그는 그랬다
침산동 자취방에 쌀이 떨어져도
동지들의 쌀독을 더 채워주고 싶어 했다

그는 그랬다
나의 가족들의 기쁨보다 동지 가족들이 기뻐하는 걸 더 보
고 싶어 했다

그는 그랬다
비록 쇠쟁이 기름쟁이 노동자이지만
동지들이 해방의 주체가 되는 걸 더 보고 싶어 했다

그는 그랬다
노동에 쩔어 피곤한 육신을 이끌지라도
더 깨어 있고 더 타오르는 불꽃이 되길 원했다

그는 그랬다
비록 하나의 빗방울일지라도
자신을 자본의 제물로 바쳐 동지들이 강으로 바다로 나가
는 걸 보고 싶어 했다

그는
진정한
인간

노동자
해방이었다

이제 그는
바다에서 숲에서
동지들이 해방의 주체가 되어
나타나길 기다리고 있다

김이수 시인의 시세계와 초혼(招魂)

박상화

1. 초혼

그의 시는 10년 전, 20년 전에 쓰여졌으나, 2020년을 바라보는 현재에 옮겨도 아직 유효하다. 사람들은 1980년대를 휩쓸던 노동시가 죽었다고 말하지만, 죽은 건 노동시가 아니라 노동시를 쓰던 시인들이고, 80년대를 휩쓸던 사상의 물결이 변했다고 말하지만, 변한 건 사상을 팔아먹고 살던 지식인들이 변한 것이지 노동의 현실이 변한 게 아니다. 그러므로 세상이 어떻게 죽고 살았다고 하건, 변했다고 하건, 노동자의 꿈과 현실은 여전히 유효하고 여전히 그대로이다. 우리는 그의 시를 통해, 세상에서 말하는 지식인이란 사람들의 세상을 보는 시각의 변화가 노동의 현실 변화를 의미하지 않음을 알 수 있다. 말하자면, 전태일을 움직인 어린 여공이나 김이수가 아파하던 어린 여공 옥이의 시간은 아직도 그대로인 것이다.

김이수는 가난했던 시대를 관통해온 수많은 노동자와 변

방 시인의 초상이라고 나는 생각한다. 가난한 어린 시절, 배고픈 사회 초년 시절, 불합리한 세계의 변화를 꿈꾸고, 사상을 받아 안고, 그 안에서 제 한 몫을 다 해보려고 피가 마르게 몸부림치며 버둥거리던 그 세대는 투잡까지 하며 살아보려고 애쓰다 결국 고독하게 죽어갔고, 죽어가는 세대다. 그는 그 세대의 표준 같고 모범생 같은 생을 살았고, 그 간난(艱難)처럼 다만 17편의 시를 남겼다.

흔히들 가난을 지렁이처럼 버르적거리는 삶이라고 비하하지만, 지렁이가 다리나 날개가 있었다면 그렇게 살았겠는가. 이는 다만 삶의 숭고함을 폄하하는 말일 뿐이다. 빵 없으면 케이크 먹으면 된다고 했던 왕비는 형장의 이슬이 되었다. 그러나 지금도 그런 말을 많이들 한다. 안 되는 일이 어디 있느냐며 노력하면 마침내 된다고 한다. 하지만 발도 없는 지렁이에게 노력하면 날 수 있다는 말은 헛된 노고를 감수하라는 말이며, 그 노고를 빼먹겠다는 음모일 뿐이다.

노동시가 끝난 게 아니라 노동시에 대한 열광이 끝난 것이다. 더 이상 주목받지 못하는 노동시는 노동시를 쓰던 시인들에게서도 버려졌다. 이것은 대중이 열광하는 시가 아니면 가치가 없다는 선언이나 마찬가지이며, 가치가 없으면 핍박받는 노동 현실도 언제고 버릴 수 있다는 태도였다. 그것이 노동 현실은 변하지 않는데 노동시가 사라진 이유였다. 그것은 마치 노동 현실이 바뀐 것처럼 보이지만, 실은 시의 기록과 고발의 기능을 시인들이 버린 것일 뿐, 노동 현실은 그대로였다. 그들은 노동시를 구호문학이라고 하면서 지겹다고 하면서 버렸다. 삶은 지겨우면 버려도 되는 것인가. 세월호가, 위안부 할머니들의 수요집회가 지겹다고 하는 자들이나 뭐가 다른가. 삶은 가치를 위해 지겨움도 극복하고 넘어서야 하는 것임에도, 그저 쉽게 버림으로써 어떤 시인들은 좀 더 신선한 꿈을 꾸는 고상함이 있는 체했다. 아니면 노동 현실을 동구 사회주의 사상에 연계시켜 사상이 무너졌으므로 노동 현실도 무너진 것처럼 길을 찾으려 하지 않았다.

그러나 삶에 극복하고 넘어서지 않는 고상함이란 존재하지 않는다. 삶이 사상에 앞서는 것이지, 사상이 무너졌다고 삶도 없어지는 것이 아니다. 그런 고상함이나 삶에 앞서는 사상이 있다면 그것은 허황한 사치일 뿐이다.

그리고 기록과 저항의 기능이 빠진 시는 언어의 유희로 전락했다. 노동의 땀방울을 매개로 시인과 독자가 삶의 진정성으로 만나던 노동문학의 자리는 유희문학이 차지했다. 소통의 기능을 제거한 시는 독자를 잃고 팔리지 않는, 또는 존재가치가 없는 위치까지 추락했다. 시가 독자의 가슴을 흔들지 못하게 된 건, 다름 아닌 시인의 선택이었고, 시는 규격화되고 공산품처럼 배워져 생산되었다. 이것이 시의 다량생산에도 불구하고 무가치해진 이유였다. 시는 기술로 전수되어선 안 되는 예술이다. 시는 진정성과 현실의 저항으로 전수되어야 하는 예술이다. 진정성과 현실의 저항은 삶에 대한 성찰과 고뇌로부터 오는 것이지 배우고 외워서 되는 것이 아니고, 언어를 꼬아 비틀어 무언가 든 것처럼 가장하는 포장품이 아니다.

이러한 시의 붕괴는 공동체의 붕괴하고도 맞닿았다. 역설적으로 시는 무가치해짐으로써 현대인의 무가치해진 삶을 그대로 비추는 거울이 된 것이다. 언어유희로 추락하였으나, 그것이 공동체를 잃어버린 현대인의 삶의 수준이기도 했던 것이다. 이 비참한 현실을 극복하고 나아갈 방향까지는 담아낼 수 없는 단순한 거울이 되어버린 것이다. 그러므로 유희의 시는 독자로 하여금 꿈을 꾸게 하지 못했다. 자본주의에서 꿈은 가장 불온한 것이기 때문이었다. 기록과 고발을 포기한 시는 여기까지 밀렸다.

2. 김이수(김강산) 시인의 시세계

김이수 시인은 1964년 대구에서 태어났다. 그가 어떤 환경에서 성장했는지 알지 못하나, 그가 남긴 단정한 필적을 보면 그즈음 출생한 다수의 사람들처럼 그도 펜글씨와 한자를 훈련한 착실한 학생이었음을 짐작할 수 있다. 그의 초기 시들을 보면, 문학청년이었고, 전문적인 문학 교육은 받지 못하였고, 홀로 많은 습작 과정을 거치며 눈이 열렸음을 짐작할 수 있다. 문학을 사랑했으나 가난 때문에 문학을 전공삼아 공부할 수 없는 환경이었을 것이다. 이는 가난했던 그 시대 많은 문학청년들이 거쳐 간 통상의 길이었다.

시인은 집안의 가난 때문에 대학을 가지 못했다. 공장에 들어가 청년기를 보내면서도 시인에게 삶의 등불이던 문학을 놓지 않았다. 타자를 쳐서 동인지를 만들고 시화전을 열었다. 비록 공장 생활이 힘들고 피곤했을 것이지만, 꿈을 꾸고 시를 쓰던 아름답고 즐거운 청년 시절이었을 것이다. 나는 이 시기의 시들을 "흰색시대, 서정의 날들"이라고 이름 붙여보았다.

그러나 순수하게 자신의 마음만을 들여다보던 시인의 시에 노동과 분단이 등장하기 시작했다. 시는 세상을 보이는 대로만 보는 순수의 시기가 있고, 세상이 보이는 대로의 세계가 아니라는 걸 알게 되는 과도기의 시기가 있다. 청년은 시에 의미를 담기 시작한다. 순수하기만 한 것은 삶의 본성이 아니었던 것을 알기 시작한 것이다. 나는 이 시기를 "푸른시대, 눈뜨는 시간"이라고 이름 붙였다.

흰색시대와 푸른시대는 모든 습작기의 문학청년이 거쳐 가는 길이다. 이것은 마치 무(無)로 가란다고 바로 무로 들어갈 수 없고, 유(有)를 거쳐야만 무에 도달할 수 있는 필수적인 과정과도 같다.

1989년, 시인은 『노동해방문학』지에 시 3편을 발표한다. 이때 시인은 김강산이라는 필명을 사용하게 된다. 『노동해방문학』에 시가 실리는 것만으로 국가보안법 구속 대상자가 되기에 충분한 매카시즘의 시절이었다. 이것은 시인이 시에 현실과 현실을 극복하는 이상 세계에 대한 사상을 담기 시작했다는 증거였다. 시인의 다른 시, 「우리 사랑이란 이름으로 동지가 되자」(1993년경으로 추정)를 보면 사상, 즉 새로운 세계에 대해 시인이 얼마나 철저하게 믿고 싶어 했는지가 드러나는데, 이 시에서 시인은 그야말로 모든 것을 바쳐 새로운 세계를 향해 가고 싶어 했음을 알 수 있다.

그리고 1989년 시인이 포함된 대구 지역 노동문학회인 백두산창작모임의 시들은 제1회 전태일문학상 시 부문 추천작에 당선된다. 이때 시들은 시인 개인의 이름이 아니라 백두산 창작모임의 단체 명의로 발표되었기 때문에 아마도 당시 유행한 공동창작의 형태로 창작되었을 것으로 추정된다. 그래서 이 시들은 시인의 유고시에 포함시키지 못하였다. 나는 이 시기를 "붉은 시대, 어린 여공 옥이"라고 이름 붙였다.

시인의 열망과 분노가 뚜렷한 이상을 향해 불타오르던 시기였다. 시가 이상을 얻으면, 힘차고 뜨거워진다. 이것이 암울하고 차가웠던 1970~80년대를 지나 1980년대 말에서부터 1990년대까지 노동시가 힘을 얻고 유행되었던 이유이자, 시의 시대라 불릴 정도로 시가 독자에게 사랑받았던 힘이기도 했다. 이 시기의 시들은 독자의 삶을 이끄는 힘이 있었고, 그 힘은 이상에 대한 믿음으로부터 나왔다.

그러나 1990년대 말부터 2000년에 들어서면서, 시는 힘을 잃었다. 가장 큰 이유는 식민지 자본주의 체제하에서 갖게 되었던 새로운 세계에 대한 열망과 그 비전의 한 형태였던 동구 사회주의 세계의 붕괴였다. 그것은 마치, 자본주의 체제하 숨막히는 노동 현실을 비추던 노동 해방이라는 비전의 불이 꺼진 것처럼, 노동문학판을 휩쓸고 지나갔다. 시인의 시 속에서도 표현되었듯 막연히 '참된 세상'이라고 불리던 이상 세계의 한 모델이 상실된 것으로 간주된 사건이었고, 다른 대안을 도출하지 못한 채, 노동문학은 급속히 힘을 잃어갔다. 그것은 노동문학이 삶의 다양한 형태로부터 지속되지 못하고, 그 막연한 이상 세계에 대한 전진 구호에 노동 현실을 끼워넣는 방식으로만 전전했기 때문이었다. 아무도 이상 세계를 삶으로부터 구체적으로 도출해내려고 하지 않았고, 노동 현실로부터 노동 해방으로 가는 방식에 대한 다른 길을 고민하지 않았던 것이 문제였다.

시인도 이 시기를 혼돈과 번민으로 보냈을 것이다. 조직은 흩어졌고, 각자 먹고살기 위해, 새로운 비전이 보일 때까지 살아남기 위해, 외로운 늑대의 시기를 맞았다. 그러나 시인은 어려웠다. 노동운동을 하며 공장 경력은 단절되었고, 가진 자본은 없었다. 인맥은 흩어지고, 학력도 경력도 자본도 없는 사람이 먹고살 수 있는 길은 대단히 좁았다. 시인은 낮에는 중고 자동차 판매 일을 하고, 밤에는 화재보험 비상연락전화를 받는 근무를 하며 잠시의 짬도 없이 일했다. 주말도 없고, 여유 시간도 없는 삶이었다. 눈 뜨면 일 가고 하나 끝나면 다른 일 가고, 일이 끝나면 지쳐 돌아와 곯아떨어지기조차 바쁜 삶이었다. 여기저기 근육이 아프고 뼈가 찰 뿐, 이 바쁘고 피곤한 삶은 기본 생계비조차 맞추기 힘들었다. 이 시기에 시인은 늘 피곤했고, 시간이 없었다. 꿈도 희망도 없이 살아남기도 어려운 삶을 그는 그저 견디고 있었다.

나는 시인의 이 시기를 "현묵(玄黙)의 시대. 외로움을 덮고 잠들다"라고 이름 붙였다. 흑암(黑暗)이 타고남은 아궁이 같은 비참하고 괴로운 어둠인 반면에, 현묵은 우주처럼 지혜로운 어둠을 뜻한다. 이 시기 시인의 시는 단 한 편, 마지막 시인 「우리의 시가 무기가 될 수 있을까」(2003)뿐이다. 시인의 시는 거기서 멈추었다. 그러나 이 마지막 시는 외로움을 덮고 잠들어가면서도, 그가 야성을 잃지 않고 생명의 존엄을 보여준 의지의 시였다. 이 시는 2003년 해방글터 동인지 제2집 『다시 중심으로』(삶이 보이는 창)에 수록되었다.

흰색시대, 서정의 날들(1983~1984)

시 쓰기를 좋아한 순연한 흰색의 청년이었다. 이 시기 그의 시를 보면 그러나 상당한 밤을 밝혀가며 시를 읽고 글을 쓴 흔적이 보인다. 시선이 밝고 깨끗한 반면에 속고집이 있었던 것이다.

쉘 실버스타인의 『아낌없이 주는 나무』가 우리나라에 번역된 것은 아마도 1975년 11월 분도출판사로부터였을 것이다. 당시 많은 청소년들이 사랑했던 단편 동화였는데, 그의 시선은 아낌없이 주는, 나무로부터 심상을 차용하여 아낌없이 주는, 산으로 발전한다. 그 산에 자신을 투영하여 그런 사람이 되고자 하는 의지를 적었다.

누군가 버려두는 뒷모습으로 눈사람이 되는 아이
들판에 엎드려 귀 기울이다 밤이 오면 동사(凍死)한
저녁의 새들 곁으로 눈발 한 줌씩 뿌려주는
산아이,
　　　　　　　　　　　　─「아낌없이 주는 나무 3」 부분

또한, 열심히 살아 무엇을 이루고자 하는 청년의 순수한 의지를 고스란히 투영하기도 하였다.

가을 숲에서 떨어지는 알밤처럼, 여린 내 사랑의
가슴을 꼭 꼭 채우며 북방의 산을 찾으리라 거기
눈 쌓인 침엽수림의 등걸에 하얗게 기대 올 그대 손을 잡고
언제까지나 변하지 않을 그대 깊은 곳으로
내 안식의 뿌리를 내리리라
　　　　　　　　　　　　─「가을이 오기 전에」 부분

그러나 열심히 일해도 자유를 느낄 수 있는 시간은 허락되지 않았고, 직장의 속도는 꿈의 속도보다 너무 느렸기 때문에, 유일한 자유의 공간, 방을 꿈에 빗대어 노래하기도 했다. 이 시절 그의 꿈은 자유와 여유였다.

아 그러나 이 모든 것은 자유롭다. 나의 방에서 너무
자유롭다. 하여 아침 출근에서 나의 방 그 자유로
구속된다. 나의 일자리에서 사람들도 내 다각의
방에서처럼 둥글어지고 싶다.
—「자유로운 방」 부분

창밖에 홀로 선 쓸쓸한 주의(主義)의 뒷모습을 만나리라
만나 두려운 그대들은 술잔 속에서 미친 척하며 한 번쯤
건방진 노래를 부르고 조심하는 핏줄을 단단히 붙잡고
분노하는 의지의 자유로운 나의 방을 그리게 되리라.
—「자유로운 방—음모의 장」 부분

청년은 조금씩 자유를 찾아 나아갔다. 그것은 공장 생활
로 지친 일상에서 구할 수 없는 것이었기에, 시를 읽고 쓰며
눈 감은 현실을 알아가려고 조금씩 눈떠가는 시기였다.

이 시기 그의 시들은 한없이 순수하고 맑은 청년의 것이었
다. 수없이 많은 습작을 했을 것이나, 단지 네 편만 남은 것
은, 습작기의 청년들이 다 그렇듯이 자신의 시를 읽고 또 읽
으면서 미련이 남은 시만 빼고 아마도 나머지는 다 버렸기
때문일 것이다. 그렇기에 남은 네 편의 시는 습작기로서는
단단한 것들이다. 많이 생각하고 속 깊이 간직했던 이야기
들이기 때문에 습작기의 허술함을 극복하고 시인의 마음에
남았을 것이다.

푸른시대, 눈 뜨는 시간(1985~1987)

이제 그의 시에는 분단과 주의가 등장한다. 현실은 그동
안 생각했던 것처럼 맑고 깨끗하고 투명하지 않았다. 당시
만 해도 하루 12~13시간 노동에 이틀에 한 번씩 철야 근무

가 기본이었던 공장 생활은 한창의 청년에게 연애할 시간은
커녕 숨 쉴 여유도 주지 못했을 것이다. 시인은 이 숨막히는
젊음에 숨구멍을 뚫고 싶어 했다. 그 돌파구가 되어준 것이
시였다. 어쩌다 애틋한 사람도 만났을 것이다. 강가를 걷고
사북을 찾아가며 청년은 삶에 대해 사회에 대해 생각하고
생각했을 것이다.

> 대동강 건너 만주 땅으로 치달리던
> 천군만마 푸른 소나무들 백두산 천지에 붉고
> 충혈된 이곳을 얘들은 아버지와 그 아버지들이
> 살던 땅이라고 생각이나 할까
> ―「한반도」 부분

> 부패되지 않는 하늘의 어디쯤에서 부화되는 건강한 힘을
> 보리라.
> ―「십이월의 강가에서」 부분

> 야근을 하던 여공은 가끔 까닭 없이 웃곤 했다
> 나는 손을 멈추고 거울을 쳐다본다
> 누군가의 흉터가 묻어났다
> 살이 닳도록 당당해질 수 없는 손마디로
> 자정을 넘기는 우리의 꿈
> ―「연가」 부분

> 초라하지 않기 위해 술을 마신다
> 공사장 입구의 선술집. 취하면
> 가질 것 없는 잔마다 가득
> 채울수록 황량해지는 나날들
> ―「산하」 부분

태양은 이제 그 모습으로 드러나라
기약 없는 이 땅으로, 나의 방으로

—「바다의 램프」 부분

검은 탄가루였습니다. 모두들 깃털을 털고
일어서서 이 땅의 깊은 노동의 탯줄을 끌고 오는
사내들의 숨결이었습니다.

—「사북에서」 부분

이 땅으로 내딛는 당신의
숨소리에 귀 기울이다
그것이 수없이 많은 아우성이듯
거대한 함성이듯

—「침묵의 바다」 부분

이 시기에 시인은 빼어난 문장들을 보여준다. 그것은 끝
없는 사색을 통해서만 나올 수 있는 문장이었다. 그의 삶에
대한 애정이 죽음 같은 강도의 철야와 피로를 이겨내고 있
는 순간이었다.

살 틈으로 푸른 강물을 절인 고기떼들

—「십이월의 강가에서」

이 땅도 저물기 위해 자꾸만 흘러가는가

—「연가」

초라하지 않기 위해 술을 마신다.
(…)
새벽별은 가시처럼 돋아나 있고

—「산하」

침엽수림의 잔가지마다 하얗게 꽃은 피어도
가늠할 수 없는 힘이—깨어보면
얼어터진 손금의 가장자리로 차츰 지워지고 있었습니다.

—「사북에서」

시인은 현실을 끝없이 관찰하고 묘사한다. 그 현실을 끌고 숨 쉴 수 있는 공간으로 가고 싶어 하는 열망이 시에 배어나는데, 한 부분을 인용하는 것만으로 다 표현할 수 없는 시의 힘이 곳곳에서 드러난다. 다만 시 전체의 긴장이 마무리에 가서 풀리곤 하는 느낌을 지울 수 없는데, 아직 전체적으로 단단하지 않으나 날카로운 시선을 숨길 수 없었던 시기라고 보아야 할 것이다.

붉은시대, 어린 여공 옥이(1988~2000)

시인은 어떤 경로에서인지 모르나, 1989년 『노동해방문학』지에 시 3편을 발표하게 된다. 이것이 시인의 실질적인 등단이라고 보아도 무방할 것이다. 연이어 1989년 제1회 전태일문학상에 추천작으로 뽑히면서 등단을 완성하였겠으나, 아쉽게도 『노동해방문학』지에는 시대적 상황 때문에 필명을 사용할 수밖에 없었고, 전태일문학상 역시 공동창작의 명의로 추천되어 실명으로 등단하지 못하였다.

그러나 시인은 이 시기 이미 힘겨운 노동 현실을 극복하고 가야 할 사상을 품었다. 시는 사상을 만나면 목소리가 커지고 세진다. 거침없어진다. 이 야성에 시인의 시가 이미 단단해졌음을 보태어 완결된 시들을 보여준다. 다만, 막연히 참된 세상, 해방된 세상으로 가자는 표현은 지양되어야 할 감성의 고조였을 수밖에 없었다. 모든 노동자가 들고 일어나 세상을 바꿀 수 있다고 생각하던 시기였으니, 그 표현은 한계가 있었던 것이었다. 그러나 이런 생각은 당시로선 획기적인 것이었음도 부인하면 안 된다. 억눌린 노동 현실을 모든 노동자가 단결하여 기계를 멈추면 극복할 수 있다는 생각 자체가 당시로선 억압되어 목 졸린 숨통에 생기의 바람을 불어넣어주는 생각이었다.

> 그래 가자
> 어두운 작업장 구석에 잠든 옥아
> 새벽이 오기 전에 고운 꿈 찾으러 가자
> 초라한 하루 일당에 잃어버린 환한
> 아침 햇살 찾으러 가자
> 창밖으로 눈발 날리던 얼어붙은 철야 작업에
> 기계가 터지며 예리한 쇳조각이 머리에 박혀
> 스물다섯의 육신이 개보다 초라하게
> 죽어간 조 형의 부릅뜬 눈물을 담아서
> 이제 젊었던 꿈도 희망도 낡은 쇳덩이처럼
> 헛되이 녹슬어 버린 김 조장의 15년
> 공장 생활에다 엮으며 함께 가자
> 그 세월들의 설움도 한숨도 모두 모아서
> 분노의 칼날에 고이 먹이고 가자
>
> ─「노동 해방 선언」 부분

> 하루의 노동을 마칠 때면 생각하네
> 오늘 우리가 흘린 땀방울은 기름진 땅이 되어
> 이 사회를 움직여가리라고
> 노동이 신성한 것은 우리의 팔뚝처럼 거칠게
> 살아 있는 이 땅의 맥박이기 때문이라 생각하네
> 프레스 쿵쾅대며 철판을 찍어내고 용접봉에

시뻘건 쇳물이 녹아내리는 힘겨운 작업들이
결코 놀고먹는 자들의 안락을 위함이 아니라 생각하네
동료여
아침마다 피로에 몰려 통근버스를 탈 때면 이 땅에
노동자로 태어난 것이 원망스러웠네 누군가 차 안에
지쳐, 잠든 우리들을 볼 때마다 갇힌 동물마냥 부끄러웠네
5년 공장 생활에 셋방 하나 제대로 없이 빈털터리
노동자인 우리들의 인내심이 괴로웠네, 작업장의
쇳가루가 녹슨 가슴을 긁어내고 관리자들의 꼴사나운
눈길을 볼 때마다 주먹을 쥐었네 그들은 많이 배운 자들
이라고
아니야 그게 아니야 동료여

　　　　　　　　　　　　　　　—「동료에게」 부분

기름밥 15년에 전세방 마련했다는 김 반장의
넋두리를 들으며 우리는 쓴 소주를 마셨다
마흔이 좀 넘어 저렇게 바짝 골아 있을 생각을 하며
모두들 허허 웃기만 했다 한평생 죽어라 일해도
자식 놈 뒤 닦아주기 어려웠다고 김 반장은 월급봉투를
구겨 넣고 그 독한 소주를 자꾸 들이켰다 작은 몸집에
악바리라 소문난 김 반장은 누구보다 열심히 일했다

　　　　　　　　　　　　　　　—「김 반장」 부분

　　이 시기의 시들은 이미 30년도 넘은 것이지만, 지금 청년
들의 현실에 비춰봐도 그 막막함은 달라진 것이 없다. "어두
운 작업장 구석에 잠든 옥"이는 24시간 편의점 카운터에서
졸고 있는 어린 청년의 모습이며, "기계가 터지며 예리한 쇳
조각이 머리에 박혀/스물다섯의 육신이 개보다 초라하게/죽
어간 조 형"은 불과 얼마 전 산재로 죽어간 고 김용균 청년
을 떠올리게 한다. 누구보다 열심히 일해도 마흔 좀 넘어 간

신히 전세방을 마련하고 바짝 곯아 있을 김 반장의 모습은 2020년 청년의 현주소다. 관리자들의 꼴 사나운 모습과 지배자의 착취 또한 더 극심해졌을 뿐이다.

단지 달라진 것은 죽음으로 행진하는 노동 현실을, 점점 멀어지는 빈부의 격차를 바로잡자는 지성의 목소리가 사라졌다는 것뿐이다. 다만 달라진 것은 같은 처지라고 생각했던 노동자가 대기업과 영세기업으로 원청과 하청으로 갈라져 다른 처지로 분열되었다는 것뿐이다. 그 목소리들은 어느 울타리에 갇혀버렸는가. 어떤 단단한 상자에 갇혀 밖으로 새어 나오지 못하는가. 사상이 없으면 현실도 없어지는가. 처지가 다르면 제 자식에겐 착취받지 않는 세대를 물려줄 수 있다고 믿는가.

아직도 노동자는 매일 두 명씩 집으로 돌아오지 못하고 있다. 소외는 노숙자를 양산하고, 머나먼 일자리를 찾아온 외국인 노동자들은 착취에 차별까지 받고 있다. 헬조선이란 말은 이제 국어사전에 등재될 정도로 널리 퍼졌다. 시인이 꿈꾸던 세상은 그토록 기다리던 시인이 숨을 거둘 때까지, 숨을 거둔 이후에도 아직 오지 않았다.

현묵(玄默)의 시대, 외로움을 덮고 잠들다(2001~2003)

동구 사회주의 나라들이 붕괴되었다. 그것은 사상이 옳지 않은 탓이라고 하였다. 그리고 많은 지식인들과 노동운동가들이 좌절하고 꿈을 접었다. 시인의 벗들도 각자 흩어졌다. 정작 붕괴된 것은 동구의 사회주의 국가가 아니라 한국의 꿈들이었다. 이 지독한 죽음의 노동 현실로부터 벗어날 꿈이 붕괴되었다. 아무도 더 이상 노동 해방을 말하지 않았다.

시인은 먹고살아야 했는데, 인맥도 자본도 경력도 모두 노동운동에 바친 젊은 날은 되돌아오지 못했다. 가난을 전전하며 홀로 외로운 방에서 견뎌가는 삶이 이어졌다. 이 시기에 시인은 하루에 두 개의 직업을 전전하는 바쁘고 피곤한 와중에 한 편의 시를 남겼다. 시 제목도 아직 못 정했다고 해서 편집자가 첫 줄을 따 시 제목을 정한 마지막 시가 그것이었다.

나는 이 시기를 현묵의 시기라고 쓴다. 오로지 별과 같은 꿈을 향해 어둠처럼 많은 고통을 견뎌낸 시인의 종착역이 이 시 한 편에 녹아 있다. 야성을 버리지 않고 죽음까지도 깡다구로 독대한 시인의 결기가 이 시 한 편에 담겼다.

그라고 왜 아비의 노릇을 마저 하고 싶지 않았겠는가. 그라고 왜 가정으로 돌아가고 싶지 않았겠는가. 피부 밑에 얼음이 박히고 그 냉기가 목숨을 조여오는 날들을 술로 견디며 왜 다 버리고 돌아가 삶을 이어가고 싶지 않았겠는가. 목숨을 끊는 일은 아무나 할 수 없는 일이므로 그라고 왜 바닥부터 기면서라도 다시 살아보고 싶지 않았겠는가. 그가 별 대신 밤하늘의 어둠이 된, 그리하여 침묵으로 말하는 시인 중의 시인이 된 그 결단이 깡다구로 서술된 인간 존엄의 의지에 있음을, 읽는다.

변방은 주목받지 못하는 외곽이다. 버려지고 내쳐진 땅이다. 그러나 어떤 사정으로 그 땅에 서 있더라도 할 일은 해야 한다. 옛적엔 그들이 국경을 지켰다. 국경을 지킨다는 건 나라를 지킨다는 말이다. 그 땅에서 묵묵히 시를 쓰는 사람들이 있다. 그들은 주목받지 못하는 음지를 기록한다. 음지를 기록하는 일은 빛의 양을 기록하는 일이다. 그들은 검증해

주는 명망가가 없으므로, 더 엄격한 자기검증을 한다. 그런 혼자만의 자기검증에는 타협할 것이 없다. 그러므로, 야성을 품은, 그것이 늑대의 시다. 그것은 성문 밖의 검은 숲 속에서 태어난다.

야성엔 당연히 피냄새, 피비린내가 날 수밖에 없고, 정제되지 않고, 말끔할 수가 없다. 그러나 그것은 정제되고 말끔하니 의관을 갖춘 관료의 근엄보다 생명에 훨씬 더 가까운 모습일 수밖에 없다. 단정하게 뜯어먹히는 토끼를 본 적이 있는가? 자연은 단정하지 않다. 그럼으로써 또한 시뿐만이 아니라 모든 예술은, 생명에 가까운 것이어야 한다. 거칠고 조악하더라도 진정성과 야성을 가진 것이 매끈하고 단정한 것보다 시에 가깝다. 예술에 주류가 생긴다는 것은 난센스다. 어떤 생명이 주류가 있고 비주류가 있던가. 모든 생명은 비주류고, 비주류여야 마땅하다. 그 모든 변방의 외로운 늑대들에게 김이수 시인의 마지막 시를 소개한다.

우리의 시가 무기가 될 수 있을까
잊혀진 시들, 잊혀진 날들

그날을 함께했던 동지들의 다짐
한 맺힌 넋들의 울분은
그것이 전리품인 양 금의생환(錦衣生還)한
소수의 노리개로 바뀌었다.

과연 이것이었던가.
우리가 바라 마지않던 그날의 모습이
눈물을 흘리며 파업 현장을 지키던 우리의 바람
참을 수 없어 터져 나오던 분노의 함성

그 모든 것을 기억의 한쪽에 모셔두어야 하는가?

그러고 싶지 않다
그럴 수 없기 때문에
우리는 뭉툭하게 볼품없지만
우리의 가진 무기를 꺼내 든 것이다
찔러보고, 쑤셔보고

그래도 날이 닳아 저들에게 꽂히지 않는다면
뭐 거꾸로 들고 손잡이로 머리통이라도 날려봐야지
이게 우리의 깡다구 아닌가!
　　　　　—「우리의 시가 무기가 될 수 있을까」 전문

3. 흔적

　타이핑된 갱지 몇 장이 그가 남긴 흔적의 전부는 아니다. 그는 아픈 시대를 살았고, 그에게 주어진 아픔을 이겨보려고 애썼다. 잠을 줄여가며 번 노동과 눈이 감기는 피곤한 시간을 주고 그가 꿈꾼 세상이 아직 그의 흔적으로 남아 있다. 그가 꿈꾼 세상은 그와 함께 잠들지 않았다. 그가 꿈꾼 세상은 무엇이었던가. 나는 그것이 사회주의나 민주주의 같은 주의의 세상이라고 생각하지 않는다. 그의 꿈에는 자유도 있었고 여유롭게 살아가는 시간도 있었고, 안전도 있었고 행복도 있었다. 그것은 위험하지 않게 일하고, 생활에 충분한 임금을 받으며, 일하고 남은 여유 시간을 가정과 개인을 위해 사용할 수 있는 세상이었다. 그것은 주의나 체제로 묶이는 세상이 아니다. 어떤 주의나 사상 아래에 있든지 간에 인간이라면 누구나 꿈꾸는 세상일 뿐이었다. 그건 주의로 한정될 꿈이 아니며, 사상으로 예단될 꿈이 아니다. 꿈꿀 수 있는 존재로서의 인간이 가지는 최소한의 바람일 뿐이었다.

생물학적 죽음으로써 그는 영원한 변방의 시인이 되었지만, 시인은 원래 변방을 떠돌며 직시하고 고뇌하는 존재이므로, 그의 자리는 명예나 인정의 수단이 아닌 시 자체와 시가 담긴 삶을 진정 사랑했던 한 시인으로의 자리를 적확하게 지킨 것이라고 나는 생각한다. 죽음으로써 그는 그 자리를 영원히 지키게 되었다. 그것은 고뇌하고 번민하고 노동함으로써 삶을 사랑한 진정성으로써만 지킬 수 있는 자리다. 변방의 시인. 그 타이틀은 아무나 가질 수 없는 것이다. 시는 생물이다. 살아 있는 시인의 영감과 살아 있는 독자의 경험이 스파크를 일으키는 지점이 시다. 죽은 사물을 삶속에 살려내는 순간이 시이며, 그것은 삶에 대한 깊은 명상과 진정성으로만 이루어진다.

10년. 이제 형은 나보다 여섯 살이나 어리다. 나는 자꾸 나이를 먹는데 형은 더 이상 나이를 먹지 않는다. 그리고 형은 마지막으로 쓴 「우리의 시가 무기가 될 수 있을까」에서 변방의 장수처럼 한 치도 변함없이 그 자리를 지키고 있다. 우리는 부끄럽지만 나이를 먹으면서 변했다. 무기력해졌고 저항을 상실하며 늙었다. 10년 전 그 자리에서 여전히 홀로 치열하게 싸우고 있는 시인 김이수를 연대하지 않고, 잊고 살다가 때때로 그를 부르며 울었을 뿐이다. 저세상에서 다시 만나도 여전히 그 미소로 맞아줄 것 같은 시인 김이수! 힘 빠지고 추레하게 늙은 우리를 여전히 동지라 부르며 손 덥석 잡아줄 것 같은 시인 김이수! 끝까지 혼자 싸우다 죽은 그 어둠속에서 참으로 오래 떨며 기다렸을 시인 김이수! 잘 웃고 차

분하여 그의 별명은 꺼벙이였지만, 그는 늑대 같은 시를 남긴 시인이었다. 변방을 전전하며 시를 썼으나 결코 야성을 잃지 않았다. 이름 모를 어느 검은 숲에서 홀로 외롭게 죽어갔으나, 홀로 둔 제 무리를 원망하지 않았다. 다만 견뎠고, 홀로 애썼고, 힘이 다했다. 더 살아 제 무리에게 이를 드러내는 넝마를 보이지 않았다. 사랑했던 그대로 멈추었다. 죽음으로써, 더 나아가지 않음으로써, 추레함을 입지 않을 수 있었다. 야성의 존엄을 지킬 수 있었다. 그렇게 야생에 남아 야생이 된 시인을 아시는가. 무리를 이탈할 수밖에 없었던 한 늑대시인의 영혼을 이제 낮게 불러본다.

초혼(招魂)은 이승을 떠난 사람을 불러 돌려세우는 일이 아니라, 잘 가라는 인사다. 간난신고(艱難辛苦)했던 이승을 이제 버리고 훨훨 잘 가라는 전송이다. 그리고 그가 남긴 노동시를 다시 만져보는 일이다. 10년이 넘었지만, 그의 언어는 현실 노동 환경에서 아직도 극복되지 않았다. 이것은 남은 자의 할 일을 의미하는 것이다. 지붕에 올라 망자의 옷을 흔들며 망자를 보내듯, 지붕에 선 심정으로 그의 시를 흔들며 아픈 마음으로 그를 부른다. 지난 20년간 변함없이 노동현장의 문학을 지키고 싶었던 〈해방글터〉 동인 모두의 마음이 또한 같다. 그가 남긴 마지막 시가 아직도 〈해방글터〉의 대표시로 걸려 있다는 것은, 〈해방글터〉의 마음이 지난 20년간 항상 그의 시세계와 함께해왔고, 그의 시를 따라가고 싶었다는 것을 증거한다. 그래. 세상은 바뀔 수 있고, 지식인들의 위치도 바뀔 수 있다. 그러나 그가 꿈꾸었던 노동으로부터 도출되는 공정하고 평온한 삶의 세상은 아직 오지 않았고, 그의 투쟁은 한 치도 바뀌지 않는 노동 환경 때문에 아직도 〈해방글터〉의 대문에 걸려 있다. 언젠가 그의 시가 극복된 노동 환경 때문에 대문에서 내려질 날이 오기를, 남은 우리는, 그가 남긴 그런 꿈을 꾼다.

노동자 김이수 시인의 삶과 문학

조선남

그를 보내고 나서 나는 평생 지금까지 그렇게 울어본 적이 없었다. 그런데 지금 다시 그의 삶과 문학에 대해 생각을 정리하려고 하니 사실 별로 아는 것이 없다. 내가 노동운동에 처음 들어설 때 이수 형 자취방에서 얹혀 살았고 짧지 않은 몇 개월을 같은 방에서 잠을 잤지만 그에 대해서 아는 것이 별로 없다. 그런데 이수 형도 사실은 나에 대해서 아는 것이 별로 없을 듯하다. 서로에 대해 불필요하게 알면 알수록 나중에 힘들어질 수도 있다는 것을 알기 때문에 서로 묻지 않았다. 이름도 모르고 별명으로만 호칭을 대신했고, 퇴근길에 버스 정류장 몇 곳을 지나 내리고, 출근할 때도 통근버스가 오는 바로 앞을 두고 버스를 타고 나가서 다른 곳에서 통근버스를 타야 했다. 선진 노동자로, 변혁적 삶을 지향하는 노동자로 살면서 노출되면 안 된다고 철저하게 집회에 나가서도 아는 체를 하지 않았다. 어디 그러한 시대적 분위기가 김이수 그와 나만의 문제였겠는가? 그래서 나는 그에 대해 아는 것이 별로 없다. 하지만 또한 나만큼 김이수를 많이 아는 사람도 없을 것이다. 한번은 자신의 아버지 이야기를 하면서 가난했던 어린 시절을 이야기하기도 했고, 어떠한 상황이 주어졌을 때 대처하는 것이나 사람을 대하는 것에서 그의 성품을 가늠하기도 했다.

　한번은 공장에서 활동 중에 성급하게 노동자들을 만나고 이야기하면서 신분 노출이 되었고 활동의 실마리를 잘 못 풀어서 힘들어하던 때가 있었다. 그때 나는 이수 형에게 공장을 옮기고 싶다고 말했다. 더는 공장에 다니기 싫다고 다른 공장에 가면 지금의 경험을 바탕으로 더 훌륭하게 현장 활동을 할 수 있을 것 같다고 말한 적이 있다. 그는 심각하게 이야기를 들었다. 공장 활동에서 드러난 수많은 이야기들 정리하면 장점과 단점을 꼭꼭 집어서 이야기했다. 대중 선동력이나, 조직력은 자기보다 낮다고 말하면 "네가 공장에서 나와 다른 공장으로 옮겨도 지금보다 더 잘 할 수는 없을 거야. 여기가 끝이라고 생각해야 해." 나를 타일렀지만 나는 계속 고집을 부렸다. 그는 냉정하게 그리고 차갑게 말했다. "조직가는 사막에서 혀를 묻고 죽어도 거기에서 싹을 틔워야 하는 거야." 그냥 사람을 대할 때는 한없이 따뜻하고 인정이 많았지만 사업을 풀 때는 그렇게 냉철하고 차가울 수가 없었다. 그러면서 용기를 주었다. 자신은 나처럼 그렇게 활발하게 활동을 못 하는데 부럽다고 하면서 추켜세워주기까지 했다. 그 후 나는 다시 공장 생활에 재미를 붙였다. 얼마 지나지 않아 30년 어용 한국노총을 불신임시켰다. 노동조합 선거에서 지부장에 당선되고 총파업을 이끌어냈다. 나중에 들은 이야기지만 이수 형은 자신의 일보다 내 일을 더 걱정했다고 한다. 혹시 분신자살이라도 하지 않을까? 밥은 먹을까? 잠은 잘까? 걱정이 많았다고 한다.

지금 생각하면 당시가 엄혹하고 생각 이상으로 원칙적으로 활동한다고 경직되어 있긴 했어도 그래봐야 우리들은 나이 고작 20대 초반의 중반의 현장 노동자였다.

노동 해방 선언, 김강산의 문학

개인의 가정사나 신변에 대한 이야기를 서로 묻지 않았던 것처럼 문학에 대해서는 그와 더 이야기할 시간이 없었다. 나는 그가 시를 쓰고 있다는 사실도 몰랐고 그도 내가 시를 쓰고 있다는 것을 몰랐다. 시보다는 유인물을 더 많이 써야 했고, 시집을 읽기보다는 『노동자의 철학』 『러시아 혁명사』 『경제사 이론』 등 변혁 이론서를 더 많이 읽어야 했다. 잔업에 현장 활동을 하면서 학습 모임에서 발제를 해야 했기에 시를 쓴다는 것은 사치쯤으로 여겼는지도 모른다. 그러나, 가끔씩은 가슴 저 밑바닥에서 터져 나오는 주체할 수 없는 것들이 있어 시의 형식을 빌려 글을 썼다. 모임에서 「김 반장」이라는 시를 낭송하고 모임을 한 적이 있다. 그리고 몇 편 더 시를 낭송했지만 따로 시간을 내어 문학과 시에 대해서 그와 이야기해보지는 못했다. 아니 그럴 여유가 없었다. 그리고 그렇게 쓴 시들을 따로 보관하거나 모아두는 것이 더 위험한 일로 치부되었다. 지금처럼 스마트폰에 최첨단의 저장장치가 있는 것도 아니고 전동타자기 한 대만 있어도 대단하던 때에 육필 원고를 자취방에 둔다는 것은 위험천만한 일이었다. 지금 우리가 김이수 시인의 시를 많이 볼 수 없는 것은 당시 선진 노동자 조직에 몸을 담고 있었기 때문이다.

그러나 이수 형은 그의 성격답게 시 한 편을 몇 번씩 탈고하고 또 탈고하면서 자신이 생각하기에 완결된 구조라고 생각이 들어야 누구에게 보여주거나 모임에서 낭송했다. 「노동 해방 선언」, 이 시가 완성되는 모습을 지켜봤다. 몇 날 며칠을 고민했고 몇 주를 안고 끙끙대고 있었다. 그리고 모임에서 낭송하기 전에 보여주면서 어떠냐고 물었다. 전율이라는 느낌, 머리털이 곤두서 손이 떨리는 느낌이었다. 그러고 나서도 이수 형은 몇 번을 더 수정하는 모습을 보았다.

「김 반장」, 이 시는 3공단 삼성광학에 다닐 때 쓴 시다. 여기서 김 반장은 실존 인물이면서 이수 형이 공을 들여 조직하던 현장 반장의 이야기다. 공장에서 많은 사람들에게 신뢰를 받고 있으며 바른 소리를 하고 무엇보다 자신의 일에 대해 책임감이 강한 사람이었다. 이수 형은 모임에서 그에 대해 이야기를 했다. 공돌이 노동자의 현실을 이야기하면서 2백 톤, 3백 톤 프레스 소리가 노동자의 가슴마다 두근대는 노동자의 맥박, 진군의 나팔 소리이기를 원했지만 시에서는 그리 표현하지 못했다. 그리고 얼마간 더 그 공장에 다니다가 더 큰 공장으로 옮겼다.

이수 형이 공장을 옮긴 공장은 노동조합이 있었고 얼마간 활동하다가 교육선전부장이 되었다. 노보를 만들기도 했는데 당시 노보에 「동료에게」라는 시를 올렸는데 시인이 자신이라는 것이 드러나면 안 되니까 다른 이름으로 시를 올렸다. 우리는 이때 레닌의 미학론을 읽었고 문학의 당파성을 이야기했던 적이 있었다.

노동문학은 어떻게 해야 하는가? 노동자가 쓴 글은 다 노동자 문학인가? 노동자 수기 모음집을 노동자 문학이라고 할 수 있는가 하는 이야기들인데 논쟁 없이 수긍하고 받아들였다. 그런 것들이 지금보다 다소 경직되어 보이긴 해도 오히려 더 직설적이어야 한다고 생각했다. 문학은 노동자의 계급적 당파성에 복무해야 한다는 표현을 썼던 것으로 기억한다.

그리고 시, 「노동 해방 선언」에서 이수 형은 시적 정체성을 분명하게 드러내기 시작했다. 노동문학의 계급적 당파성에 대해 짧게 이야기했지만 공감대가 형성되었고 그런 이야기들 속에서 내 시도 많은 변화를 일으킨다. 아마 내가 「노동 해방 선언」의 최초 독자였을 것이다. 나에게 그 시를 보여주고 나서도 몇 번 더 수정과 교정을 거쳐 모임 때 최초로 낭송했고 이 시는 비합법 노동자 정치 신문에 전면 게재됐다.

집단창작 〈백두산〉은 실존하지 않은 문학 조직이었다. 1990년 나는 파업으로 구속되어 1심에서 징역 2년 6월 실형을 선고받고 화원교도소로 넘어갔다. 이홍기, 김강산, 조선남, 이 동지들 중에 누군가 집단창작 〈백두산〉이라는 이름으로 전태일문학상에 투고했다. 『노동해방문학』에 그 원고를 그대로 보낸 것으로 기억하는데 정확하지는 않다. 이수 형과 나 두 사람의 시였다.

김이수(필명 김강산) 그의 마지막 시는 「우리의 시가 무기가 될 수 있을까」로 기억한다. 선진 노동자 조직도 깨어지고 뿔뿔이 흩어져 살다가 어떻게 만났는지 기억도 나지 않았지만 우연하게 우리는 만나게 되었다. 이수 형은 경기도 부천에 살고 있었고 나는 여전히 대구에 살고 있었다. 짧지 않은 세월이었지만 이수 형도 결혼을 했고, 딸을 낳아 살고 있었다. 이수 형 집안 결혼식이라고 내려왔다가 잠깐 얼굴을 본 것으로 다시 인연이 맺어졌다. 그러나 세월도 변했고 더 이상 노동자의 시도, 노동자의 문학도 읽히지 않았을 때, 이수 형의 제안으로 전국노동자글쓰기모임, 〈해방글터〉 홈페이지를 만들게 되었다. 그때 신경현 등 몇몇 후배 시인들을 모아 문학 공부는 아니지만 시를 잊지 못해 고민했던 것을 〈해방글터〉 홈페이지를 만들면서 「침묵의 바다」와 「우리의 시가 무기가 될 수 있을까」라는 시를 내어놓았다. 이 시에는 원망이라고 하기보다 그 잘난 지식들의 전향과 문학인들의 "변화와 모색"을 말하는 것을 보면서 뭔가 해야 하지 않는가 하는 절박한 생각에서 〈해방글터〉를 만들었다. 그리고 파업현장을 찾아다니면서 청탁받지 않는 시를 쓰고 낭송했다.

지식인들이 과거의 영웅담을 이야기할 때 우리는 여전히 고통 속에서 저항하고 싸워야 했다. 이 한 편의 시에 시인 김이수의 모든 것이 담겨 있다. "그래도 날이 닳아 저들에게 꽂히지 않는다면/뭐 거꾸로 들고 손잡이로 머리통이라도 날려봐야지/이게 우리들의 깡다구 아닌가!" 그랬다. 시인으로 김이수는 그런 결기와 깡다구로 시를 쓰고자 했다.

우리의 시대가 그랬지만 순수문학을 하던 청년 김이수는 민족의 문제, 계급의 문제에 눈을 뜨면서 현실주의 문학으로 자기 문학을 정리하고 현실주의 문학을 넘어 노동 해방 문학으로 나아가고자 했다. 그러나 현장 활동가로 수많은 작은 모임을 주도하면서 시를 쓰거나 문학에 전념하기는 시간적으로 불가능했고 한편으로 그것이 무슨 사치처럼 여겨졌는지도 모른다. 그래서 이수 형과 함께했던 나 역시도 시간을 따로 떼어내어 시를 공부할 처지는 아니었다.

우리가 노동자 김이수를 기억하는 것은 그가 걸어왔던 길에 우리가 있기 때문이다. 수많은 문학청년들이 고뇌하고 방황하고 끝내 자기 결단을 통해 노동자 시인 김이수로, 노동 해방 시인 김이수로 자기 정리를 해내고 있었기 때문이다. 그리고 세월이 한참 흘렀으나, 우리가 그를 기억하는 것은 여전히 노동자의 삶은 달라진 것이 없고 더욱 팍팍하기 때문이다.

한 시대를 몸서리치게 사랑했던 그를 다시 불러본다.

그대를 보내고 세월이 흘렀으나

조선남

깊이를 알 수 없는
어둠이다.

그 끝을 알 수 없었던 그리움을
세월이 덮을 수는 없었다.

생활에 쫓기면서
슬픔마저도 사치스럽다고
자신을 달래왔으나
그리움이 잊혀졌던 것은 아니다
슬픔이 멈춘 것은 아니다

치유되지 않은 상처는 깊어지고
겨울을 이겨낸 매화의 꽃망울 앞에서도
왈칵 눈물이 난다

이윽고 꽃 피는 봄은 올 텐데
그렇게 서둘러 떠나버린
그가 원망스러웠다
서러웠다
매화가 피는 2월이 서러웠다

가난한 청춘에도
꽃 피는 봄날은 온다고 환히 웃던
풋내 나는 우리들의 청춘은 가고
다시 매화는 피는데

잊었는가, 그리움을
잊었는가, 우리들의 사랑을

하루를 살아내면 하루를 이겨낸 것이고
한 달을 살아내면 그만큼
해방이 가까워질 거라고
잠든 옥이를 깨워 고운 꿈 찾으러 가자며
"노동 해방 선언"을 시로 쓰고
그 새벽에 담벼락을 돌아 정치신문을 돌렸던
청년의 시간은 잊혀졌는가

깊이를 알 수 없는 슬픔이다
어둠이 가고 날이 밝아도
꽃은 피고 봄은 와도
그가 곁에 없는 현실은
슬픔이다.

시샘하는 꽃샘추위에 꽃망울을 맺은 채
피워보지도 못하고 떨어진
망울진 꽃잎이여
한 시대를 몸서리치게 사랑했고

절망과 좌절, 현실의 벽 앞에서도
적들의 심장에 닿아야 할 칼끝이
무뎌지면 거꾸로 잡고 손잡이로라도
저들의 뒤통수라도 후려쳐야 한다던
시인의 결기를 두고 그대는 가고 없지만
우린 그대를 보낸 것이 아니니
그대가 사랑했던 그 모든 것들 앞에
우린 그대를 기억할 것이니
노동자 김이수
노동 해방 시인 김강산

시인들 소개

김이수 (필명 김강산) 1964년 대구에서 태어났다. 1980년대 대구 지역 공단에서 일하는 용접사였다. 노동조합 간부로 활동하면서 비합법 사회주의 정치활동을 조직했다. 소모임 활동을 조직하고 '김강산'이라는 필명으로 시를 창작해 발표하기도 했다. 1989년 『노동해방문학』을 통해 작품 활동을 시작했다. 같은 해 창작모임 〈백두산〉 회원으로 제1회 전태일문학상 시부문 추천작을 수상했다. 2000년 〈해방글터〉를 제안하고 조직했다. 해방글터 동인 제1시집 『땅 끝에서 부르는 해방노래』, 해방글터 동인 제2시집 『다시 중심으로』에 참여하면서 중고자동차 판매원, 화재보험사 야간상담원을 하며 생계를 유지했다. 2008년 온몸으로 시대를 사랑했던 노동자 시인이 생을 마감했다.

김영철 1952년 전남 벌교에서 태어났다. 서울 근교에서 도시농부로 살고 있다. 시집 『길에서 부르는 노래』가 있다.

배순덕 1963년 강원도 동해에서 태어났다. 〈해방글터〉 동인으로 활동하며 부산정관공단 자동차 부품 공장에서 일하고 있다.

조선남 1966년 대구에서 태어났다. 『노동해방문학』으로 작품 활동을 시작했다. 시집 『희망수첩』 『눈물도 때로는 희망』이 있다. 대구 지역 마을목수로 활동하고 있다.

박상화 1968년 서울에서 태어났다. 본명은 홍열. 편의점에서 일하고 있다. 시집 『동태』가 있다.

조성웅 1969년 강원도 강릉에서 태어났다. 시집『절망하기에도 지친 시간 속에 길이 있다』『물으면서 전진한다』『식물성 투쟁의 지』가 있다. 박영근작품상을 수상했다.

신경현 1973년 경북 안동에서 태어났다. 시집『그 노래를 들어라』『따뜻한 밥』『당부』가 있다. 공공운수노조 대경본부에서 조직부장으로 활동하고 있다.

이규동 1973년 충북 제천에서 태어났다. 전북 남원 지리산 자락에서 농사를 지으며 초등학교 학생들과 생활하고 있다.

박영수 1976년 문경에서 태어났다. 대구해올중고등학교 국어교사로 일하며 전교조 대구지부 중등참교육국장으로 활동하고 있다.

전상순 1963년 대구에서 태어났다. 충북 영동에서 30년째 농사를 지으며『작은책』에 달력 그림과 수필을 기고하고 있다.

차헌호 1973년 상주에서 태어났다. 금속노조 아사히글라스 비정규직 지회장으로 활동하고 있다. 저서 아사히글라스 조합원들과 함께한『들꽃 공단에 피다』, 구미 금강화섬 점거투쟁을 기록한『공장은 노동자의 것이다』가 있다.

이금지 김이수 시인 아내

권형우 김이수 시인 옛 동지